Hot

U0612191

喜欢就是，
明知道你的一切缺点，
我还不顾一切扑了过去。

因为年少，
因为我还有热血。

目　　　　　　　　录

序

谁 的 青 春 不 是 兵 荒 马 乱

2　　　　　　　　　　　　　　8

楔 子

我　　叫　　伍　　安

3　　　　　　　　　　　　2

contents

PART 1

伍 小 姐 一 夜 醒 来
发 现 自 己 变 成 十 八 岁 了

0   0   1

———

0   9   0

003　　　　　　我即将启程去找你　1/7

　　　　　我们的青春从何时开始，又从何时结束？

　　　始终相信爱情的人的青春总是比其他人的青春更久一些。

015　　　　　我只是一个喜欢你的小姑娘　2/7

　　　　　你是从什么时候喜欢上我的？

　　这个问题有点难，这好比问我喜欢你什么。我可以说上

　　一整天的理由，所以我可以说上几千个喜欢上你的瞬间。

028　　　　我喜欢你，像花，开满春季　3/7

　　能想起来自己喝醉后做过哪些让自己后悔的事情的人

　　　　　多半还可以再喝几瓶，

　　　　　　没有醉酒，哪来的清醒。

042　　　这一生很长，可我们能遇见多少次？　4/7

　　　　　不知道从何时起，

　　　　你变成了我的唯一安全感来源，

　　　　却也成了我没有安全感的唯一原因。

053   你不知道所有的注定都是人为   5/7

比起不喜欢你和喜欢你

但不能在一起，你更能接受哪一个？

062   胆小鬼是连幸福都会害怕的   6/7

回忆的时候，

竟然发现年轻时的爱情比现在更理智。

071   纵使黑夜孤寂，白昼如焚   7/7

最让人心疼的是那些每次道别都特别认真的人，在你以

为的那句"再见"是会再见面的时候，她可能以为是再

也不见，你的每次潇洒转身都可能成为她的泪点。

PART 2

三　个　月　后　，
伍 小 姐 变 成 了 二 十 四 岁

0　　　　9　　　　1

———

1　　　　9　　　　2

095　　　　　　这座城市天生就适合恋爱　1/7

你逃避得了一个人，

但你逃避不了和那个人有关的事。

109　　　　忽然发现自己，咬着牙走了很长的路　2/7

爱是我今夜醉过的酒和未说出的话，

是我看着你侧颜发过的呆和你不动声色就能让我流下的泪。

126　　　人人都爱白雪公主，可我却偏偏喜欢巫婆　3/7

不要轻易给别人贴上特殊标签，

那些人比你更敏感，比你更会设身处地地为爱人着想；

渴望被人理解的人通常在心里已经理解过别人几千几万次。

141　　　　　白昼解开的结，黑夜慢慢来袭　4/7

安慰别人的话，

对自己好像从来都没有用。

154　　　　　敌不过的哪里是逝水年华　5/7

想和过去没有我的你说声你好，

想告诉你我就是你以后要找的人。

169 借我一刻光阴，把你看得真切　6/7

一个人有多强大取决于他曾受过多大的伤，

我以为我是那个能帮你舔伤口的人，

却不小心成了揭开伤疤的人。

185 谁还在等？谁太认真！　7/7

"你走了真好，

不然，

总担心你要走。"

PART 3

好久不见! 伍姑娘!

1   9   3

—

2   8   7

199　　　　　那么，你现在过得好吗　1/7

我来找你了，

上辈子你一定对我不够好，

所以这辈子你成了我爸。

210　　　　　也许喜欢怀念你，多于看见你　2/7

明知道你在演戏，

却不忍心拆穿你，

结果我也变成了戏子。

225　　　　　你是我心底最深处的秘密　3/7

秘密的开始是因为有一个在乎的人，

秘密藏多深埋多久，

这个人就有多重要。

235　　　　　我以为的再见就是再也不见　4/7

年轻的时候总觉得等以后成熟一些，

条件好一些，

总有机会能重新来一遍。

251　　最动人的时光，未必地老天荒　5/7

我爱你，所以你所有不够爱的表现我都可以替你找到借口；

我不爱你了，所以我觉得你很没用，

你甚至都没办法把我留下。后一句是我替你找的借口。

262　　等一个正在到来的晴天　6/7

"很久很久以前，

有个人爱你很久。"

277　　最美好与孤单的结局　7/7

早一点，晚一点，

都没关系，只要是你。

288　　　　　　后　记

Strange Miss Wu

DATING
ZBACK

序

谁 的 青 春
不 是
兵 荒 马 乱
——

STRANGE   MISS   WU
——

你还记得你做过的最勇敢的事情吗?

5 岁的时候，她没有带钱包，没有带换洗的衣服，也没有手机，然后离家出走了，出走的原因是父亲第 6 次下班路上忘记买糖给自己；10 岁的时候她甩了隔壁撩自己裙摆的男生一个耳光，当时回家的小路上只有他们两个人，她气愤地仰着头用尽力气将眼睛瞪到最大，生怕对方不知道自己在生气；15 岁的时候她从母亲的钱包里偷偷抽了一张 20 元然后给喜欢的男生买了一张 Beyond 的专辑；20 岁的时候她半夜翻过女生宿舍的墙，被玻璃扎破了手心，第二天去药房买了酒精和纱布，没有和任何人喊过疼；23 岁的时候，她被实习领导批评闷声不响，下班后躲在厕所哭了一个小时；28 岁的时候她下班路上被抢了钱包，钱包里有几张银行卡还有少许现金，她抿了抿嘴心想人没有事就好，第二天用像是在讲别人的故事一样的平静语气和算不上是闺蜜的朋友讲了这个奇遇……

本来以为长大后会越来越勇敢，可以做的事情越来越多，所以才渴望长大，没想到从前的自己是一生中最拥有自由的时刻。从前的心很小，因为总有人把你放在心上，所以不需要留多少空间，后来装的东西越来越多，把心撑得越来越大，直到撑满了，当需要装另外一个人的时候需要清理空间，以为那个人很重要，需要的空间很大很大，所以一不小心清空了心的空间，而那个人并没有填满你。于是开始空虚、开始后悔、开始难过、开始自责。于是一部分人走上了找回那些被一不小心清理掉的回忆之路，另外一部分人选择了用其他的事情和人来填满自己的心。

DATING

Z B A C K

我叫
伍安
—

STRANGE   MISS   WU
—

北京时间半夜 23：30。

"你好，是伍安伍小姐吗？"

"是我，哪位？"伍小姐喝完杯子里最后一口咖啡接起一个陌生来电。

"这里是 xx 医院，你的父亲伍建林因中风刚被送进医院，你的母亲……"后面说的话伍小姐没怎么听进去。父亲，那个在自己最重要的成长阶段消失三年后又突然回来、让伍小姐赌了一辈子气的男人，再一次不得不见面竟然是在医院。

伍小姐拿起手机用打车软件叫了车赶去医院，到的时候，母亲站在医院门外的角落抽泣。虽然他们两人分开十几年，但母亲这辈子最爱的人还是父亲，伍小姐一直都知道，但是她没有办法把伍建林的不辞而别和突然出现当作什么事情都没有发生，她也要折磨他，让他知道失去的滋味。整个晚上伍小姐是在各种专业医用术语中度过的，伍小姐只记住了父亲的晚年可能在病床上度过。母亲从一开始抽泣到后来坐在病床前无声地流泪，伍小姐的心揪了一下，是不是如果没有自己他们早就团聚了？

"我想过无数种他再次回到我们身边的可能，但没有想到是这种，医生说他是在夜跑的时候突然中风的，随身带的手机里只存了我们两人的手机号。"母亲从病房外走进来，看到躺在床上的父亲又一次忍不住抽泣起来。

"他倒好，再一次什么都不用管了。"伍小姐抿了抿嘴，看着躺在床上的伍建林。

伍小姐 28 岁，应该是大家口中的大龄剩女了，曾经也有到谈婚论嫁地步的男朋友，可是在去民政局的当天早上她后悔了，于是就这样一直单着。之所以恨伍建林是因为他在自己 18 岁高考前一周突然消失了，母亲提前进入更年期，自己也没有考上努力了三年的美术大学，所以伍小姐一直怪罪于父亲，即使父亲三年后再次出现，想尽办法补偿自己和母亲，伍小姐也未曾原谅，而母亲在自己长达八个月的劝说中和伍建林离了婚。

然而就在刚才，看到伍建林躺在病床上，头发白了一半，不做任何表情也布满皱纹的脸时，伍小姐突然有些难过，甚至有些后悔，为何不曾尝试听他解释，万一以后他都不能解释了呢。

伍小姐累极了，在医院不小心睡着了，母亲叫醒了伍小姐让她回家休息，伍小姐拖着疲惫的身体回到家，想到还有一堆明早开会需要整理的方案，脑中又不断充斥着躺在病床上的父亲和这些年来自己揣测的他消失的原因。伍小姐觉得有些呼吸困难，她走到书房柜子前，拿出一包烟开始抽起来，这是伍小姐第二次抽烟，第一次抽烟还是在大三的时候，那个藏在心里整整三年的男孩身边站着她一直愿意承认可能是他喜欢的人的时候。

人的所有情绪中唯独后悔是伍小姐不能承受的，那是一种无力到接近室息的感觉，可是这个世界就是这样，从来不会因为一个人做了后悔的事情给你一次重来的机会，任何人莫过于此，何况平凡得不能再平凡的伍小姐呢。

伍小姐忘记这一晚是什么时候入睡的，也不知道到底有没有睡着，只记得做了一个很长很长的梦，梦里有一个看不清长相的男人和自己说：

"你有三次可以后悔选择重新过一遍的机会，可以是任何事情，但每次只能回去三个月，过去经历的人和事情都不会改变……"

梦里的伍小姐想着肯定是自己白天想了太多关于后悔的事情，所以才会做这种安慰自己的梦。可即便是她心里清楚这是个骗人的梦，她还是走向了一个不知道哪里来的玻璃瓶，里面装着她记忆里最后悔的那些事情，这些事情被记录在一张张字条上，伍小姐一张张地读着，有些事情现在想起来觉得有些可笑，可笑自己曾经因为这么幼稚的事情而后悔，有些事情却像是被封存起来突然被解封了一样让伍小姐感到心痛，最后玻璃瓶里面只剩下三张字条。

第一张字条上写着：2005 年，夏，任信，青春，选对了人就可以重新来一遍。

伍小姐的回忆中，2005 年是自己最放肆最放纵最不计后果的一年，没有影响人生路的考试，没有四面楚歌抓住你早恋痕迹的眼睛，甚至伍建林的失踪原因也不再牵绊自己。大部分人的青春在中学时代，那个懵懂的年纪，而伍小姐的青春来得比较晚，因为那个人在那个时候才出现。

和其他人一样，伍小姐最怀念的是自己的学生时代，学生时代中，最最后悔的事情不是高考选择题选错了一个导致自己没有进入想要去的美术大学，而是那个见第一眼就忘不了的男孩。多年以后，他们曾在街头相遇，他说，如果青春再来一遍，他会选择和自己在一起。

留下三张字条后，梦境开始播放那些往事，新生入学、面试学生会、第一次筹备迎新晚会、彩排遇见他、想尽一切办法进入他的生活、他点火的手指、他唱歌的眼神……

PART/

伍 小 姐 一 夜 醒 来 发 现 自 己
变 成 十 八 岁 了

我即将启程去找你

1 / 7

——

我们的青春从何时开始，又从何时结束？
始终相信爱情的人的青春总是比其他人的青春更久一些。

梦境真实得有点可怕，伍小姐拼命地跑着，想找到梦的出口让自己
醒过来，不小心踩空，猛然醒了过来，伍小姐用力地深呼吸着，好
像很久很久没有这么真实地醒着。可是睁开眼睛，为什么家里的天
花板变得离自己那么近？而且还有点眼熟？伍小姐慢慢地伸出手，
用手臂的距离衡量着与天花板的距离，猛然坐起来看了一眼四周，
这不是大学寝室吗？这床不是睡了四年的上铺吗？

呵呵，原来还是没有醒过来。

"伍安，你是不是又想逃课？都几点了，还有十分钟上课铃就响了，

今天可是光头徐的课，他每节课都点名，被点到不在的直接挂科，你不怕？"熟悉又陌生的叫声从下铺传来，伍小姐趴在床沿看着那张许久未见却又无比怀念的稚嫩的脸，这不是艾婧吗，那个大大咧咧，为了爱情总是奋不顾身的大学闺蜜，那么真实的一张脸看着自己，连脸上的痣都看得一清二楚，伍小姐忍不住笑出声。

"伍安，你没事吧？"艾婧一边穿衣服一边一脸疑惑地看着伍小姐，今天的伍安有些奇怪，平时起得最早，永远是她叫自己起床的份，今天没叫自己起床就算了，看样子自己都没有起床的意思，"我可不管你了，我要走了，哎，我提醒你，今天可是系里的大课，任信也在，一周就这一次一起上课的机会。"艾婧一脸八卦地笑着。

任信，那个现在听到还有些心痛的名字，对于伍小姐来说，这两个字就是一整个青春，那个让自己后悔不勇敢的青春。

"我和你讲，我现在在做梦，但梦有些真实，真实得让我有些感动，我都好久没见你了。"伍小姐对着拿起包准备走的艾婧说，艾婧回头，白了一眼伍小姐。

"你是不是昨晚又跟着邱梓学姐去喝酒了！任信哎，一起上课哎，你居然那么淡定，你傻了吧！"艾婧说完甩头就走，一声门响留在了空旷的寝室里，回响许久。

伍小姐开始怀疑这个梦，开始回想着刚刚梦里在脑海中盘旋的声音，"你可以有三次后悔的权利……"还有那张被自己选中的字条，于是她学着电视里穿越的那些人捏了自己一下，还真的疼，难道真的穿越了？伍小姐觉得有些可笑。

伍小姐一骨碌爬了起来，那个熟悉的下床楼梯，直到现在伍小姐依然熟练地两步就下了楼梯，书桌上放着几盒磁带，周杰伦、蔡依林、飞儿乐团、S.H.E……五姑娘照了一下镜子，天啊，这正是自己20岁时候的脸，伍小姐摸着自己的脸。

"哎呀。"摸到了自己下巴上刚发出来的一颗大痘痘，尖叫了一声。"天啊，真的，这是真的。"伍小姐立刻拿了一盘周杰伦的磁带放进桌上的WALKMAN中，摁下开始键，然后开始大笑。直到窗外传来上课铃声才缓过神，伍小姐打开衣橱，全是自己当时最爱现在看起来土得掉渣的衣服，伍小姐选了很久，最后穿了一件纯白色的T恤和一条牛仔短裤，这样的打扮还不至于太土，只是牛仔短裤上的绣花实在是有点难接受。

伍小姐熟练地看着书桌旁的课表找到这节课的上课教室，拿起那个自己有点无法忍受的牛仔包冲向教室。下楼看到学生时代最讨厌的寝室阿姨，她依然在嗑瓜子。在伍小姐的印象中，寝室阿姨好像就是搞瓜子批发的，不管春夏秋冬，站着坐着，聊天还是看故事会，手里永远有瓜子，阿姨没有抬头看伍小姐，伍小姐放慢了脚步，竟有些感动，然后一看寝室楼大厅里的时钟，又立刻飞跑起来，一边跑一边呢喃着，"你好啊，伍姑娘！"

去教室的这条路伍姑娘不能再熟悉，曾经几乎每天都跑，只为了看一眼万年上课迟到的任信，所有的一切，每一棵树，每一个垃圾桶，每一张贴在橱窗里的海报都没有变。

突然想到如果这一切都是真的，那么自己只有三个月的时间，每一分每一秒都需要好好珍惜，还有那个心心念念的人。伍姑娘告诉自己，再次见到他一定要勇敢、一定要主动，就算被拒绝也不能放弃。

伍姑娘从橱窗前回神转身准备又一次加速跑起来，却猛地撞上了一个人，是熟悉的烟草夹杂阳光晒过的香皂味，伍姑娘跟跄地退了一步，抬头看，真的是任信，万年迟到的任信。

"没事吧。"任信看着一脸惊讶的伍姑娘，是那个声音，在她青春里最浪漫的声音，不管说什么都好像是在唱歌的声音，伍姑娘心头一紧，用力呼吸着，回想着自己和他发展到哪个阶段。光头徐的课是大二才开始上的，现在又是夏天，那么现在是大二刚开始，他和她已经认识了大半年，她已经听过他三次演出，陪他二十多次彩排训练，考试做过两次弊，为他喝醉过两次……只是还没有表白，太多太多关于他的事情，一下子全部想了起来。

"怎么今天也迟到了？不像你。"任信看了一眼还在发蒙的伍姑娘，想伸手摸一下她刚撞在自己身上的头，却又收了回去。

"啊，我起晚了，那个……我……"上一秒还在告诉自己不要再害羞，下一秒看到他又不知道从何说起，对于他们来说，可能昨晚还见过自己，可是自己已经那么多年没见过他们了。

"邱梓的事情，还是谢谢你。"伍姑娘小心地跟在任信后面慢慢走着，信还是那样，走路总是慢慢的，好像全世界都和他没有关系。

邱梓是伍姑娘的学姐，和信是学校里很有名气的同一个乐队的吉他手，按照时间来算，邱梓学姐应该刚刚经历了她人生中最难熬的阶段。她意外怀孕，那个男人是同一个乐队里的鼓手，叫田什么的，伍小姐一下子想不起来了，能想起来的是，邱梓说那个男人扔了一笔她最不需要的钱给她让她解决掉这件事。邱梓没有拿钱，只是叫伍姑娘陪她去了医院，她没有打麻药，从手术室里出来的时候，邱梓脸白得像是一具尸体。这件事情对伍姑娘的影响很大，每当想起邱梓从手术室里出来时的脸，她就会去附近买一盒避孕套，然后拆一个新的放进钱包，直到 2016 年的现在依旧保持着这个习惯。

对于伍姑娘来说，邱梓是自己青春里除了艾婧最重要的女伴，从她知道自己喜欢信的那一刻起，她就有意无意地帮着她，让她成为他们乐团的助理，每次有信的彩排都会叫上她，乐队演出结束的聚餐也会叫上她。

"应该的，她也是我朋友，很重要的朋友。"伍姑娘很久之后回了一句。

"她会休息一段时间，下课后我们去看看她吧，她现在好像只愿意和你说话。"信说道。

"好。"伍姑娘抿了抿嘴回答道，心里却泛起万层涟漪。

信还是老样子，即使上课迟到还是大摇大摆地从正门走进教室，而伍姑娘大概是因为觉得这仍然是一个梦的缘故也不管其他跟着信走进教室，这当然吓傻了不少同学。伍姑娘的大学时代给同学的印象是一个乖巧听话的好学生，虽然成绩一般，却从来没做过出格的事情，所有出格的事情都是因为信而做。

伍姑娘进了教室一眼看到坐在最后一排的艾婧，旁边有一个空位，伍姑娘低着头走到艾婧旁边坐下，艾婧远远地就竖起了大拇指．今天的伍姑娘在艾婧眼里够疯狂了，伍姑娘现在还能记得大学四年艾婧因为她的胆小害羞骂过自己多少次，每次壮足胆准备去表白最后失落地回到寝室，艾婧都会像大人一样说教一番。

"牛啊今天，你是不是昨天喝傻了。"艾婧小声地说。伍姑娘看了一眼艾婧抿了抿嘴，尴尬一笑。

纵使再怀念学生时代，上课难熬的那种感觉却依旧不变，再次回到课堂，伍小姐有些不知所措，总觉得自己和其他人已经不一样。也许我们怀念的是下课铃声响起那一刻一下子放松的感觉，那么多年过去，听过无数种铃声，也看过无数部青春剧，但亲耳听见下课的铃声还是让伍姑娘感动不已。

信还是习惯性地坐在教室最后一排，下课铃声响起，他比谁反应都快，起身，然后往伍姑娘的方向看了一眼，伍姑娘的眼睛几乎没有离开过他，所以撞上眼神是意料之中，信点头示意一起走，伍姑娘点了点头收拾了一下桌面。

"我有点事情，你先回去吧。"伍姑娘低声和艾婧说。

"去吧去吧，看到你看任信的眼神我就确定你还是正常的。"艾婧贱贱地眨了眨眼。

伍姑娘跟在信的后面，穿过教学楼来到熟悉的停车棚，一路上和以前一样，还是有女生不断地在议论，这点依旧没有变。停车棚曾经发生的故事太多了，好像每一个人的学生时代都在停车棚经历过一些关于感情的事。

伍姑娘记得邱梓学姐提分手也是在这儿，她提分手后，田什么的开机车无情地走掉后，邱梓硬是憋了一个多小时才抱住她哭出声来。哭了很久很久，伍姑娘的肩膀湿了一大块。

听到熟悉的机车声发动的时候，伍姑娘回过神，看着帅气的信盯着自己，"伍安？"信叫了伍姑娘的全名，伍姑娘回神看着他，"怎么了？今天一直在发呆，需要帮忙吗？"

"没事，在想刚刚光头徐的讲课内容。"伍姑娘编了一个谁听起来都不会信的理由，然后走向信的机车后座，信把头盔递给伍姑娘。邱梓有次喝多了和自己说这个头盔是信专门为她买的，这算是伍姑娘整个大学生涯中收到的信唯一送的礼物。

"这头盔？"伍姑娘有些故意地试探问道。

"那天去换头盔，顺便多买的，你先用着。"意料之中，信还是没有承认。伍姑娘戴好头盔跨上机车，坐在后座的她偷笑着。

坐在信的机车后座是伍小姐大学时光里和他最亲密的接触，她喜欢他开快车，信总是做任何事情都慢慢的，懒洋洋的，唯独开机车是快的，伍小姐喜欢这种因为极速而产生的紧张、不由自主抓住信的感觉，因为看不到他的表情，所以就算是拒绝这种肢体接触的表情自己也看不到，想到这里，伍姑娘慢慢地把手放在信的腰间。

看到邱梓的时候，伍姑娘有些难以忍受的泪目，邱梓的家境很好，是个十足的富二代，那个时候学校没几个人开车上学的，而邱梓是其中之一，那个时候的学生对名牌也没有概念，而邱梓在那个时候就开始穿 CHANEL，背 LV，即使到现在，伍小姐也没舍得买过一个LV 包给自己。邱梓的命很好，有钱就算了，还长得漂亮，是系花，皮肤白，大长腿，有着一张放到现在肯定被人说是整过容的精致脸蛋，那个时候追她的男生真的可以装下一卡车。可就是那么一个本该骄傲地活着的大小姐却因为一个该陪自己的时候选择离开的男人把自己折磨成这样。

伍姑娘知道这件事情以后，邱梓依然和田什么的纠缠不清，直到毕业后才猛然醒悟。有时候伍姑娘挺喜欢自己黏不出去的性格，不付出就不会有伤害，邱梓就是因为付出太多，受伤太深。

"你想吃点什么吗？"伍姑娘看着一言不发的邱梓问，邱梓没有说话，两眼依旧看着窗外放空，她应该在等那个人出现。

"你陪她吧，我去买点吃的。"信靠在病房门上说着，然后转身走了。

"我不知道怎么安慰你，我就是特别特别心疼你，即使过了那么多年，看到你这样，我还是很心疼。"伍姑娘没有意识到自己说错了话，幸好平日机灵的邱梓这个时候身体和意志都很虚弱，也没有听到她说了什么。

伍姑娘走到病床前，倒了一杯水，抿了抿嘴，递给邱梓。

"你说是不是每个女孩都要经历这种绝望啊？"邱梓转过头看着伍姑娘说，"可是为什么我还是会想他呢？"

"喜欢一个人很难，不喜欢一个曾经喜欢的人更难，相当于换血一样难。"伍姑娘递过水，邱梓摇了摇头，"喝点水吧，不然你哪有力气再去喜欢他。"伍姑娘也不知道自己在说什么，反正年轻的时候总会说一些莫名其妙安慰人的话，而且被安慰的人也很难被安慰，他们只是需要有人陪着而已，至于说什么都不重要，他们早就自己做好了决定。

我 只 是 一 个 喜 欢 你 的 小 姑 娘

2/7

——

你是从什么时候喜欢上我的？

这个问题有点难，这好比问我喜欢你什么。我可以说上一整天的理由，所以我可以说上几千个喜欢上你的瞬间。

邱梓睡着的时候已经半夜 23：00，而许久没有过学生生活的伍姑娘早已忘记每天晚上寝室阿姨都会点名以及 22：30 以后宿舍楼大门会关闭的事情。伍姑娘有点困了，轻轻地关上病房门，走廊里空无一人，安静得让人有些害怕。

"信在哪儿？我该怎么回去？"伍姑娘突然有点慌，一整天看到的人和事物都是熟悉的，唯独这个时候，伍姑娘开始有了陌生感，怎么也想不起来应该怎么回去。这个点应该没有公交车了吧，伍姑娘一边翻着钱包数着还有多少钱琢磨着打个车回去或者是在附近开个宾馆，走到走廊尽头下了台阶，信靠在墙边抽着烟。

"她休息了？"信扔掉烟头，用脚尖踩灭，在伍姑娘眼里，不管什么状态的他都无比让自己感动，何况前一秒还有种全世界都抛下她的感觉。

信和邱梓是同母异父的姐弟，这件事情没有多少人知道，伍姑娘知道也是在邱梓毕业后有次找她喝酒喝醉了才告诉她的，他们和家里的关系都不怎么好，但两个人因为有共同爱好走得比较近。

"嗯嗯，你一直在这儿吗？"伍姑娘问道。

"过十点半了，校车停了，宿舍楼也关门了。"信说完走向停车的地方。

"宿舍楼关门？"伍姑娘突然想起来这件事，担心了几秒钟之后又开始想反正再次遇见信是为了壮胆告白在一起的，宿舍楼关门这种突发情况简直就是给自己机会的，"那你要带我去哪里？"伍姑娘说完立刻抿了抿嘴，有些后悔。

"翻墙，你又不是没翻过。"信把头盔递给伍姑娘，伍姑娘突然想起以前每次陪他们彩排练习完回寝室都是翻墙的，除了他们有次毕业演出结束后伍姑娘跟着他们回了他们在海边租下改建的老厂房睡了一晚以外，"那我可不可以去老厂房？"伍姑娘想着现实生活中的自己早已不是情窦初开的纯情少女，根本无须考虑那些真的在 20 岁该考虑的乱七八糟的因素。

信回头看着伍姑娘，眼里闪过一丝疑惑，今天的伍姑娘说话和行为确实有些不一样，从不穿白 T 恤出门的她竟然穿了白 T 恤，从不化妆的她好像还化了点淡妆。

"不行，你得回寝室。"信说完发动机车，伍姑娘坐上后座抿了抿嘴，心里万般难过，其实就算是主动他还是会拒绝的，原以为是因为没有主动表白才错过了，这下看来是因为没喜欢上吧。

信看着伍小姐翻过宿舍楼的铁门然后离开了，老厂房不只是他一个男孩，还有乐队的其他男生都在，如果邱梓在他肯定答应伍姑娘，但只有伍姑娘一个人的话，信还是有些犹豫。

伍姑娘摸黑洗漱完毕蹑手蹑脚地上了床，躺在床上想着信拒绝自己的表情。也许是多年以后，信从邱梓那里听说了自己曾经的付出，然而在离开学校以后，他再也没有遇过这样疯狂喜欢自己的女生才会在那天的偶遇中和自己说，如果当初自己勇敢一些就会和自己在一起的话吧。有些感情如果没有喜欢靠勇敢有什么用？于是伍姑娘决定让信先对自己有好感，制造一切能和他相处的机会。

第二天伍姑娘很早就醒了，看了一下书桌上的手表，才不过 8 点，这大概是现实生活中这几年来伍姑娘醒得最早的一天，伍姑娘打了个哈欠突然有些想喝咖啡，可是那个时候哪有咖啡这种饮料。伍姑娘在衣柜里翻了半个小时的衣服，依旧没有找到一件觉得可以穿出门的衣服，最后把黑色的长袖给剪掉，然后卷了两下套上了。

"伍安，你这两天太奇怪了，穿衣服也很奇怪，昨天那件白 T 恤不是你平时在寝室睡觉才会穿的吗？还有今天你干吗把袖子给剪了，你不是最喜欢穿黄色和红色的衣服吗？"艾婧看着折腾了一个多小时的伍姑娘十分纳闷。

"这叫性冷淡风，时下最流行的，我现在只穿黑白灰的，看到衣橱的时候我整个人有点奔溃，怀疑自己以前的审美。"伍姑娘对着镜子描起了眉毛，这是伍姑娘唯一一样化妆品，学生时代的她不怎么化妆，这支眉笔还是妈妈送自己的。

"什么？性冷淡？你说什么啊，哎哟，这个词怎么会从你嘴里说出来？你没事吧，天啊。"艾婧冲到伍姑娘的面前，看着伍姑娘一脸惊讶地端倪着她。"你还开始化妆了，哎，我说你昨晚那么晚回来去哪儿啦，是不是和他在一起？"艾婧一脸坏笑。

"不是啦，邱梓学姐身体不好住院了，我昨天去看她了，一下忘了时间。"伍姑娘抿了抿嘴，有些脸红。

"吹什么牛，你看你又抿嘴了，每次紧张或者撒谎都会抿嘴，你想骗谁啊？快跟我说说，你们到哪一垒了？"艾婧坐到自己的书桌前开始抹粉。

"什么哪一垒，人家根本不喜欢我，你又不是不知道，我和他一共没说过几句话。"伍姑娘画完眉毛回头看着艾婧，"能不能借用一下你的眼线笔？"伍姑娘记得艾婧从大学开始一直会化妆，毕业后第一份工作也是和化妆品有关的。

"给，你什么时候开始会化妆啦，以前让你涂个口红像要你命一样的，还知道画眼线，哎，你会不会画啊，我帮你画。"艾婧递过眼线笔。

"我会，我前段时间一直在练，你没看到而已。"伍姑娘熟练地画着眼线，一分钟不到就搞定了，看得艾婧有些目瞪口呆。

"伍安，我觉得你有事瞒着我。"艾婧摇了摇头，一脸质问的表情。

"没有啦，我就是觉得变得好看一点，信才会看我嘛，你看学校那些走在路上有回头率的哪个不化妆？"伍姑娘背对着艾婧说，然后轻轻地抿了抿嘴。

今天是周五，往常的每周五都是信的乐队排练的时间，因为邱梓住院缺席，乐队排练取消了，伍姑娘记得邱梓休息了两个礼拜才回的学校，于是伍姑娘决定今天下课后约信去海边走走。可是今天的课没有办法遇到他，而自己那个时候还没有手机，根本不知道该去哪里找到他，伍姑娘有些郁闷。

上完课后伍姑娘坐在寝室，发着呆，艾婧一下课就和男朋友去约会了，而自己不愿意和另外两个室友说话，伍姑娘知道另外两个室友在大学期间和其他女同学说过不少自己的坏话，有一次上厕所无意听到，邱梓学姐毕业的那天还为了替伍姑娘出气扇过她俩一巴掌。

"伍安，电话！"宿舍楼阿姨在走廊尽头大声地喊道，伍姑娘吓了一大跳，然后激动地跑向楼下，虽然不知道是谁，但也有可能是信或者是自己的妈妈，从昨天到现在还没有联系过妈妈。

"喂？"伍姑娘接起电话。

"是我，我十分钟到你楼下。"是信。

"好。"伍姑娘挂掉电话立马回到寝室在柜子里找到一支口红，没记错的话是前几个月生日的时候艾婧送自己的，以前不懂觉得这种大红色太土，不像现在大红色是伍姑娘的最爱。伍姑娘轻轻地抹了一点，然后用手指抹开，大概就是现在最火的咬唇妆吧。

十分钟后，信准时到了宿舍楼底，伍姑娘在下楼梯的时候就听到了机车声，忍不住笑了出来，正好碰到几个上楼的女生看着自己窃窃私语，伍姑娘看了一眼，友好地笑了一下。对于她来说，再次回到学生时代，每个路人都是回忆的一部分。

"等下结束后能不能陪我去海边走走？"伍姑娘坐在后座大声地喊着。

"什么？"信回头。

"我说！等下！结束后！能不能！陪我！去！海！边！走！走！"伍姑娘一字一句地喊着，信过了几秒点了点头。

到病房门口的时候，传来邱梓大声的"滚！"伍姑娘加快了脚步，一进门看到了田骏站在病房前，一看到这张脸伍姑娘就想起了他的名字。伍姑娘和信都不说话，气氛有些尴尬，田骏和信是发小，从穿开裆裤的时候就认识，所以发生这件事最难做的那个人是他。

"伍安，帮我叫他滚。"邱梓看到赶来的伍姑娘和信，眼睛里布满了血丝，因为情绪激动她有些发抖。

"要不你先走吧，学姐她现在需要休息。"伍姑娘看着田骏。

"好，那我明天再来。"田骏看了一眼扭过头的邱梓，然后走出病房，经过信的时候停下脚步，"对不起。"

信扯了一下嘴角点了点头。田骏一走出病房，邱梓就开始哭。

"他真的就走了？又丢下老娘？最好走了永远也不要出现。"伍姑娘立刻扯了纸巾递给邱梓，不管哪个年代什么岁数，女人都口是心非。

"别难过了，他是怕你激动影响身体，明天他还会来的，明天见了好好说。"伍姑娘知道他们会再和好，所以也没有劝她。

周五下课早，所以陪了邱梓一整个下午，天快要黑的时候邱梓总算睡着了，伍姑娘和信就离开了。

"你是要先去吃东西还是直接去？"信走在前面问道。

"随便买点吃的然后打包去海边吧。"伍姑娘走之前拿走了宿舍停电时会用的蜡烛。

到海边的时候天差不多已经黑了，伍姑娘走在身后低着头，心跳快得不得了，她打算今天先暗示性地告白一下，不管会不会被拒绝。

"信。"伍姑娘低声叫了一声。

"什么？"信回头看着停下脚步的伍姑娘，然后坐下，把手里的啤酒和吃的放下。

"那个，你看今天会不会涨潮？"伍姑娘抿了抿嘴立刻坐下，然后打开一瓶啤酒猛喝了一口，想壮胆。

"不知道，应该不会吧。"信回头看了一眼最近说不上哪里变了但肯定变了的伍姑娘，"你……不是不会喝酒吗？"

"啊？咳咳咳……"伍姑娘被啤酒呛到，"刚学会的。"

许久，信和伍姑娘都没有再讲话，即使是夏天，夜晚的海边还是有些凉意的，伍姑娘不禁抱紧自己一些，然后眼神偷瞄了一眼信，信看着远方，猜不出他到底在想什么。和印象中的一样，信的头发有些长，好像从来不剪短，也没有再长过。

"信……"伍姑娘刚开口，信口袋里的手机响起。

"好，那我现在过去。"信认真地听着对方说着，伍姑娘在一旁能听到对方语气里的激动，然后看到很少急躁的信回头看着自己说，"邱梓不见了。"

伍姑娘想起邱梓在住院期间确实消失过一天，没想到是本打算表白的今天，于是两人匆忙赶到医院，田骏在医院门口边抽烟边等。信大概是忍了很久，自己的妹妹被田骏伤害成这样，碍于是兄弟一句抱怨的话都没有说过，现在邱梓失踪了，肯定和眼前的田骏有关系。

信远远地在转弯处看到了田骏，脚步突然加快，然后冲上前狠狠地打了田骏一拳，在伍姑娘的印象里，没有过这一出，没见过信打人，只是记得邱梓消失的那天晚上，见到田骏的时候他的嘴角肿着，没想到是信打的。

"对不起。"田骏擦了一下嘴角，没有还手，信握紧拳头也没有再动手也没有说话。

"去找人吧。"沉默许久，信点了根烟，然后说。

"我可能知道她在哪里。"伍姑娘想起来那次消失，邱梓一个人躲在老厂房后面的一间堆杂物的小房间里，那间小房间隔音出奇的好，半夜如果有谁要联系又怕打扰别人就会在那里。

果不其然，邱梓一个人坐在小房间的角落，脸色有些惨白，很明显才哭过，脸上挂着两条半干的泪痕。

推开门的时候，信本想往前走一步，田骏更快地往前冲向了邱梓，然后抱起邱梓，伍姑娘看了一眼信，抿了抿嘴。

"我知道错了，你不要再折磨自己，也不要再折磨我，不管以后发生什么，我都不会像这次一样丢下你不管，你不知道，我第二天就开始后悔了。"

青春里，我们开始慢慢学着大人的模样讲着一些我们以为只会说一次的情话，后来才知道，这些原来不是一次性的，用再多次都有用。田骏说着把自己感动了的话，在伍姑娘听来却有些虚伪，大概那个年纪的时候才能消化这些情话吧。

邱梓终于放声哭了出来，也不知道两个人抱了多久，反正后来信和伍姑娘都有点待不住了，信出去抽着烟，伍姑娘也跟着出去了。

爱情这种东西，本来就不可能感同身受，即使你们被同一个人用同样的方式伤害，你们也无法感受对方难过的程度。所以从不对别人的爱情指指点点，就是最好的解释"我懂你"这句话。

我喜欢你，像花，开满春季

3 / 7

—

能想起来自己喝醉后做过哪些让自己后悔的事情的人多半还可以再喝几瓶，没有醉酒，哪来的清醒。

邱梓和田骏和好以后第三天就出院了，在家又休息了将近十天后，邱梓又回到了校园。再次看到邱梓出现的时候，你很难想象她前些天的状态，伍姑娘再次确信爱情的力量能将一个人的气质和气场完全改变。

回到学校后乐队的彩排恢复正常，一周后，他们乐队在迎新晚会上有个压轴演出，因为邱梓的缺席所以时间变得很赶。那一周，几乎每天都排练到半夜，伍姑娘每天都翻墙回寝室。

"伍安，演出结束后，你要不搬去我那边住吧。"邱梓看着发呆的伍姑娘说。

"你是说老厂房？"伍姑娘惊讶地问，过去绝对没有过这一出。

"嗯嗯，最近老是失眠，想找人说话，那儿住的一群大老爷们儿没一个能说话的，每天回去倒头就睡了，最近我们排练结束得也晚，信说你总是翻墙回去，不如住我那边吧，这样你机会也多一些。"邱梓说的理由对于伍姑娘来说一点也不重要，重要的是伍姑娘可以和信生活在一个屋檐下，至于学校查寝室记分这些规定对于现在的她来说一点也不在考虑范围之内。

伍姑娘点点头笑了。

迎新晚会那天下着暴雨，大夏天总是像来姨妈前的女生一样，前一秒还好好的，下一秒就触碰到了她的气点。对于这所学校来说，能在迎新晚会上演出的人要么是学校风云人物，要么就是成绩最优秀的学霸们，总之如果你有机会能在迎新晚会上露个脸，那么第二天走在校园里就会有人在你经过的时候窃窃私语，然后你就会陆陆续续地收到情书和各种莫名其妙的礼物。

而信和邱梓的乐队就更不用说了，加上他们本身就有些神秘色彩，除了演出，几乎不会在公众场合看到他们，所以对于他们的流言就更多了。伍姑娘自从进他们乐队帮忙以后替他们收过不少情书和礼物，所以她一直觉得讽刺，明明自己才是最想也最有机会表白的那一个。

作为压轴，信唱了那首他们的成名作，这首歌他们在公开场合演出不超过五次，听说是信在高中时候写给一个姑娘的，但谁也不知道到底是写给谁的。

怎可能适可而止
你我才刚开始
她说即便如此
我们也只能到此为止

最后几句歌词伍姑娘一直很喜欢，即使多年以后，她都觉得这几句话是她和信的告别对白。

和往常一样，他们不管在哪里演出，结束后一定是会聚会的。今天的演出一如往常地顺利，聚会定在了他们最常去的酒吧。酒吧是邱梓的一个朋友开的，大概是因为今天迎新晚会大家都玩得 high，酒吧人特别多。

不管是静吧还是吵闹的 high 吧，总是充满暧昧的气氛，尤其是这种开在学校周围的酒吧，在场所有的客人都是校友，看到信他们的乐队进来的时候，好多女生跟着酒吧正在放的音乐叫出声。

伍姑娘特地坐在了信的旁边。邱梓大概很久没有碰酒了，今天的她格外兴奋，不停地喝酒，喝了两轮后就开始变得话多起来，田骏在一旁哄着她。信坐在旁边对着伍姑娘举起酒，伍姑娘也顺势拿起喝了半个小时只喝了几口的酒杯，然后一饮而尽。

"我过两天搬到老厂房去住了。"伍姑娘喝完酒低声对信说。酒吧放着歌，信没有听清楚，耳朵靠近伍姑娘的嘴，示意她再说一遍。

"我……邱梓说让我搬到老厂房去住。"伍姑娘抿了抿嘴说。

"我知道。哪天搬和我说，我去接你。"信靠近伍姑娘的耳朵说，伍姑娘起了一身鸡皮疙瘩，抿了抿嘴，加上酒精开始起作用，脸红到不行。

"好。"伍姑娘想趁着这种气氛再说点什么，但是却再也找不到话题。

"去外面走走吧，里面太吵了。"信又一次毫无防备地靠近伍姑娘说，这一次信还用手把伍姑娘的头拉近自己。伍姑娘立刻又喝光了刚满上的一杯酒，回头点了点头。

信和伍姑娘走出去的时候，乐队其他人八卦地起哄了一阵，引来其他桌的人看向伍姑娘和信，邱梓盯着伍姑娘的笑颜，拿起一瓶酒继续喝了起来。今夜，这个学校没有一个人不认识信，那个一站在台上就让人移不开眼神的人。

伍姑娘真的有点不胜酒力，即使在现实生活中，她最多也只能喝一杯红酒。连喝了两杯啤酒的她就感觉脸开始有点烧，头重重的。信出来的时候，手里拿着一瓶刚开的酒。

"还要么？"信把酒瓶递给伍姑娘，伍姑娘顺手接了过来。

"我有点话要和你说。"伍姑娘对着酒瓶喝了起来，啤酒是伍姑娘最最讨厌的饮料之一，她无法理解为何有人会喜欢喝这种又苦又涩难以下咽还容易撑起小肚子的饮料。伍姑娘想着这是再好不过的表白机会，大家心情都很好，又喝了点小酒，又是深夜，就算被拒绝也能找一个发酒疯的理由。伍姑娘停止喝酒是因为被酒呛到喷了信一身的时候。信习惯穿白色的 T 恤，再在外面套一件肥肥的白衬衫，伍姑娘立刻扔掉酒瓶，上前用手擦被弄脏的衣服。

"对不起对不起，我高估了这个时候的我的酒力。"伍姑娘说着，然后准备折回酒吧拿纸。

"没事，不用管。"信拉住伍姑娘的手腕说，伍姑娘本能地缩回手，然后低下头抿了抿嘴。

"能不能也给我一支？"伍姑娘和信沿着路灯走着，信拿出烟，伍姑娘主动要了一支，信看了一眼伍姑娘，然后把手里刚点好的烟递给伍姑娘。伍姑娘顺势抽了一口，这是她第三次抽烟，起码没有呛到咳嗽，信看着伍姑娘然后低头笑了。

"怎么了？"伍姑娘看到信笑有些紧张，是不是自己抽烟的姿势太过搞笑。

"觉得你最近变化太大了。"信停顿了一下，"怎么说呢，有些女人味了，嗯，好像是的。"

"哈哈哈，你是不是说我变成熟了？当然，不然这些年我白过了啊。"喝酒的唯一好处就是放松，放松之后说什么话都不用经过太多思考。

"你最近是不是遇到什么很难处理的事情？我可以帮上忙吗？"喝多了之后听信说话，觉得他的声音格外温柔，加上天生的烟酒嗓，伍姑娘有些沉醉。

"没事啊，我能有什么事，就是……"伍姑娘想深吸口烟，然后把自己给呛到了，信走上前拍了拍她的背，伍姑娘清了清嗓子，抬头看着信，"我喜欢你，不管是以前的我还是现在的我。还有啊，前几年遇到的时候你和我说的话是不是真的啊，我就是因为你才又回来的，这大概是我这辈子最没有安全感的时候，什么都好像在计划之内，但又好像什么都没办法控制……"信低着头看着微醺的伍姑娘，她说了很多，能听清楚一半，其他的他听不清楚，也听不明白。信拿过伍姑娘手里的酒瓶，已经见底，伍姑娘一边摇晃地走着一边傻笑，信猛吸了口烟，然后把看上去随时会摔跤的伍姑娘的脑袋放到了自己的肩上。

"虽然不知道你在说什么，但我也在努力喜欢你。"信回头看着酒吧门口田骏扶着又喝多的邱梓低声呢喃着。

第二天伍姑娘是在邱梓的床上醒来的，醒来的时候邱梓穿着浴袍正在擦刚洗完的头发。

"我怎么在这儿。"伍姑娘觉得头很疼，眉头紧锁，看着邱梓，想起来昨晚是跟信在一块的，还说了很多很多话，却想不起来最重要的话有没有说。

"让你提前适应这儿啊。"邱梓递了杯水给伍姑娘，"伍安，你酒量也太差了，信说你只喝了一瓶啤酒就这样了，还以为你会做些什么呢。"

伍姑娘抿了抿嘴，有些不好意思，喝了口水，然后起身找着自己的鞋子。发现床前没有鞋。然后环顾了一下四周，邱梓的房间和印象中一模一样，简单干净，有些复古的墨绿色漆是墙壁的颜色。

"你穿这个吧，我平时不太穿鞋，所以没准备女孩穿的拖鞋，这是我从信那边拿的，你将就着穿吧。"邱梓拿着一双男士拖鞋放在伍姑娘的脚下，"赶紧，别发呆了，你以后有的是时间熟悉这里，今天周六哎，我们去市区吧，我想去买衣服。"

"好啊！"伍姑娘太想买新衣服了，但突然又想到自己的钱包里好像只有一张五十块，还有几张旧旧的十块，"我还是不去了……"伍姑娘想着反正对于这个时候的她来说，这些也并不重要。

"别想了，快快快，我换个衣服吹个头发就能走了，你去洗个澡。"邱梓走到一个纯白色有些复古的大衣柜前挑着衣服。伍姑娘凭着印象找到了浴室，经过信的房间偷看了一眼，因为是老厂房改建的，所以他们只是简单地用隔墙板隔了几个房间，每间房间的门的颜色都不一样，信的是灰色的，和脚上的拖鞋一样，伍姑娘低头看着自己的脚笑得有些甜。

到市区的时候是正中午，非常热，伍姑娘有些想念布料极其少的小背心和超短热裤还有人字拖，看着自己脚上的运动鞋还有黑色长裤跟 T 恤衫，她抿了抿嘴突然有点难过，加上燥热的天气，伍姑娘毫无逛街的欲望。

"这件怎么样？你怎么啦，一起挑嘛。"邱梓拿了一件条纹的连衣裙，挺洋气的，就算是现在穿在大街上也觉得时髦，伍姑娘想念自己在现实生活中的信用卡。

伍姑娘笑了一下然后佯装开始挑起衣服，她翻了几件连衣裙的价格，深吸了口气，没想到这个时候的物价已经这么高了。

"你喜欢这件啊，我买给你，上次你生日我都没送礼物，今天你尽管挑，我送你。"邱梓笑着说，笑起来的两个酒窝让她看起来很天真。

"不用啦，我就瞎翻翻，没有特别喜欢的。谢谢你。"伍姑娘放下手里的一件黑色连衣裙。邱梓立刻又拿起来，然后又拿起伍姑娘刚刚看的几件衣服。

"你好，买单。"邱梓抱着几件衣服笑着走到柜台。伍姑娘有些不好意思，立马上前低声说着"真的不用"。从学校毕业以后，再也没有人像邱梓那样对自己好，多数的友情都是寒暄或者难过时的临时需要，开心的时候很难想到彼此。邱梓拿出卡，营业员接过卡，然后看了一眼伍姑娘，伍姑娘抿了抿嘴，不再说话。

"想什么呢，给，走，我们去吃好吃的，信他们也在市区，等下一起吃晚饭。"邱梓把拎的大包小包递给伍姑娘一半。

"我在想要怎么谢谢你。"伍姑娘抿了抿嘴说。

"谢什么呀，你之前那么照顾我，我都没和你说过谢谢。你不知道我最讨厌这种煽情的话？"邱梓一边走一边回头和伍姑娘说，伍姑娘微笑着看着那个瘦弱的背影，想到她最后还是没有和田骏在一起，有些心疼。

回到寝室的时候已经天黑，"我说你是不是和信在一起了？我已经好几天没正正经经地和你说过话了。"艾婧拉着拎着大包小包的伍姑娘问道。

"没有，昨天我喝多了，然后就睡邱梓学姐那边了。"伍姑娘琢磨着如何跟艾婧说自己要搬去老厂房住的事情。"婧，我有件事情要和你商量……"

"什么？"

"那个，邱梓学姐前段时间不是生病了吗，最近还在恢复，她想我搬过去一段时间，方便照顾她……"伍姑娘抿了抿嘴，背对着艾婧假装收拾自己的书桌。

"伍安，我真的觉得你变坏了……"艾婧撇了撇嘴，"就从那天你无缘无故晚起开始，你好像和他们一样，开始一点都不在意自己的学业或者别人怎么看你。你不知道这些天，班里同学都怎么说你的。"艾婧突然站起来坐回自己的位置。

"婧，有些事情我也不知道怎么解释，但是两个多月后我一定会好起来的，最近确实事情比较多……"伍姑娘停下所有动作像个做错事的孩子看着艾婧。

艾婧叹了口气，"你不用和我解释，我就是想和你说，不要付出太多了，结果回头看，不仅失去了爱情还失去了友情，我也在谈恋爱，我也曾追过男生，但我没有像你这样，一天到晚人也见不到，你别忘了你还是个学生，昨晚你妈妈打电话来了，我都不知道该怎么帮你解释……"

"对不起，婧，我知道我有点过分了，但我真的是有原因的，而且我没有变化，我没有做什么过分的事情，你相信我，我只是不想再做后悔的事情而已。"伍姑娘看着不愿意看自己的艾婧。·

"算了，随便你吧，你想怎样就怎样，希望你能和他在一起吧。"艾婧拿起包准备出门，"但是，你要明白并不是在一起了才叫有结局。"艾婧说完然后关了寝室门离开，留伍姑娘一个人在原地。从伍姑娘回来的那天起，她就知道自己一定要和信在一起，但是从没有想过身边其他人的感受，包括艾婧提到的母亲。

那天晚上，艾婧没有回寝室睡觉，她第二天要搬到老厂房，也没来得及和艾婧说再见，伍姑娘收拾完东西看着镜子里的自己正在发呆，突然传来敲门声，"伍安！"是邱梓的声音。伍姑娘打开门，是邱梓和田骏，"收拾好了没，我让他给你搬东西来的。信今天回家了，所以就不来了。"邱梓笑着说。

"嗯，差不多了，我也没什么东西要带走的。"伍姑娘一边说着一边看着自己的书桌，她把艾婧送给她的口红放进口袋，然后整理了几件现在看来还能穿的衣服就走了，伍姑娘知道这些东西在两个月后都带不走的。

离开寝室门的那一刹那，伍姑娘回头看了一眼那张曾睡了将近四年的床，那个时候的自己还没有手机，没有相机，没有任何可以将记忆定格的道具，但是没有也好，有些东西如果被画面定格了，那么也没那么珍贵了，真正珍贵的一定是那些有些模糊，需要特别努力回忆才能愈加清晰的过往。

这一生很长，可我们能遇见多少次？

4/7

——

不知道从何时起，你变成了我的唯一安全感来源，却也成了我没有安全感的唯一原因。

伍姑娘搬家的这天信不在老厂房，除了信大家都在，对于伍姑娘来说，回来的这三个月，看不到信的时候，是自己没有安全感的巅峰。这个世界的所有人都很熟悉，但又是最陌生，除了信是在毕业后有事没事都会回想以外，其他人好像就是活在记忆里的，和他们相处的时候，伍姑娘觉得特别容易分神，甚至会怀疑这个人是不是真的认识过。

伍姑娘搬来的第一天没什么特别的事情发生，除了一顿欢迎的火锅晚餐和邱梓再次喝多了入睡以外，信没有出现，伍姑娘突然觉得智能手机的普及真的很伟大，至少她能发个消息或者通过他的朋友圈来知道他的行踪，而不是胡思乱想或者是从别人那里听说。

伍姑娘第二天醒来的时候，邱梓和其他人都出门了，在床头看到了邱梓的字条：

"不好意思，你搬来的第一天没有陪你，今天要和田骏见他爸妈，所以今天我把你交给信啦！下周我们再好好聊。"

邱梓的文字和她真人一样，好像是带有快乐的情绪的。伍姑娘放下字条想到了邱梓说的把自己交给信的意思，她轻轻地打开房门，对过信的房间还是关着，不知道他昨晚有没有回来，伍姑娘靠着墙开始发呆。

"早。"信开了门，看着发呆的伍姑娘。

两天没有看到信，信长出了胡茬，有点蓬乱的长发和他裸着的上身，有点像高以翔，伍姑娘抿了抿嘴，然后脸红着，眼睛不知道往哪里放，"早。"

"欢迎入住。"信打了个哈欠走向浴室。

"早啊，邱梓说她出去了……"伍姑娘有些没话找话。

"他们都去陪对象了，这儿应该就我们两个是单身吧。"信回头看
了一眼伍姑娘，微笑着。

信洗漱的时候，伍姑娘在房间各种翻衣服，想着在家里究竟穿什么
比较性感又不做作，穿昨天买的衣服好像太过正式了，穿自己那些
带过来的衣服又好像太宅女了，为什么当时的自己没有买吊带衫这
种百搭的性感单品，还能有意无意露个沟什么的……

"伍安，你会不会做饭？"伍姑娘刚脱下衣服，准备试一件背心的
时候，信突然在门外喊自己，伍姑娘吓了一跳。

"会啊，你要吃什么。"伍姑娘立刻穿上背心，然后打开门帘，看
着穿好衣服的信，"我只会做一些家常菜。"

"嗯，你看看冰箱里有什么，我饿了，不挑食。"信笑了，刚睡醒的男人都像孩子。

伍姑娘做了一碗面，信全部吃完了，他是真的饿了，连汤都喝完了。"谢谢。"信抬头看着伍姑娘说。

"不用，你还要吗？"伍姑娘突然觉得，在不在一起其实也没有那么重要，能重新再待在一起三个月也挺好的，就像艾婧说的，并不是在一起了才叫结局，也许她和信之间这样就已经是最好的结局。即使在一起了，也只能是两个月，怎么可能改变了现在连带未来都一起改变。

"不用了，你有什么特别想做的事情吗？"信问伍姑娘。

"特别想做的事情？"伍姑娘抬头撞上信的眼神。

"邱梓说让我带你随便转转，我平时也很少出去，你要是有特别想做的事情我可以带你去。"信点了根烟。

伍姑娘没有说话，抿了抿嘴，想做的事情太多了，想和你拥抱，想和你接吻，想和你上床，想听你说情话，反正想做一切正常情侣会做的事情，可是怎么开口？伍姑娘没有想过虽然经历了那么多成年人该做的事情，返回来的时候却还是像个少女一样羞涩。

"其实也没有什么，你平时一个人的时候会做些什么？"伍姑娘问信。

"他们在的时候就一起练歌，不在的时候就写歌什么的，或者睡觉。"信吐了口烟。

"睡觉？那……我们一起睡觉吧……"伍姑娘摸了摸自己的头发，然后握紧拳头，恨不得揍自己一拳，这种话也就在这种如今不计较任何后果的时候说得出来，"哈哈哈，我开玩笑的。"伍姑娘不知道接下去该说些什么来缓解尴尬。

信盯着伍姑娘看了几秒说："你和邱梓在一起时间久了，变坏了。"

"不是的，和邱梓没关系，我刚刚真的开玩笑的……"伍姑娘抿了抿嘴，然后拿起桌上的碗走向厨房。伍姑娘各种后悔自己刚刚说的话，觉得自己所做的全部被刚刚说的那句话给毁了。

"那午觉一起睡吧。"信的声音从背后传来，伍姑娘吓得打碎了碗，她立刻俯身捡碎片，突然想到电视剧里都是女主角不小心被碎片滑伤，然后男主角会帮女主角吸伤口，增进感情。伍姑娘心一狠，然后用力抓了一块比较细的碎碗片，血开始渗了出来，伍姑娘本来想学着电视剧里尖叫一声引来信的关注，但始终没有开口，然后默默地用大拇指摁住伤口把碎片捡完。

伍姑娘处理完的时候，信还在身后，靠着墙吸着烟。

"给我看看。"信看了眼伍姑娘，然后说。

"什么？"伍姑娘抿了抿嘴，然后把手放在身后。信走到伍姑娘面前抓住她的左手，轻轻掰开大拇指摁住的左手，然后拉着她往客厅沙发走去。

信从柜子里拿出创可贴帮伍姑娘贴上，伍姑娘抿了抿嘴，"你刚说的话还算数吗？"

"哪句？"信问。

"啊，没事了。"伍姑娘看了看大厅的时钟，12：30。

"傻瓜。"信看着有些紧张的伍姑娘笑了，"我去写会儿东西，你要是无聊了叫我。"信起身走向卧室。

"好。"失落感占满了伍姑娘的情绪，有时候不是没有机会，而是你怕努力之后也没有结果。

伍姑娘坐在沙发上发呆了很久，然后打开电视，电视里正在放着《斗鱼》，离开学校以后越来越不爱看偶像剧，好像所有未发生的剧情都能猜到，那些美好的暧昧现实生活中似乎永远不会有。伍姑娘看得很入迷，也不知道过了多久，她有了些困意，自从上次睡觉醒来发现自己到了另外一个时空以后，她就再也不敢随随便便地睡着了。信正好出来倒水，看到快睡着的伍姑娘，伍姑娘喜欢自己他当然知道，只是自己始终跨不出那一步，信的眉头紧了一下，走上前轻轻地抱起伍姑娘走进房间轻轻放下，放下的时候伍姑娘其实醒了，意识到是信抱着自己的时候，伍姑娘下意识抿了抿嘴继续装睡。

信绕过床，然后躺在伍姑娘的旁边，伍姑娘感觉信看了自己很久，一直尽量让自己的表情放松着。伍姑娘紧闭着眼睛足有半个多小时，后来信翻过身体，听着信的呼吸从急促到缓慢到放松，从轻到重，伍姑娘也在不断地调整自己的呼吸，试图将自己的呼吸频率和信保持一致。

也不知道有没有睡着，反正伍姑娘不停地想睡着，又怕睡着，再次彻底醒的时候，是伍姑娘 N 次眯着眼睛看信是否还在身边，看到信睁着眼睛在看自己，伍姑娘紧张到不敢用力呼吸。

"下午好。"憋了许久，憋出这么一句话。

"你磨牙啊。"信笑着说。

"啊，天啊……"大概这是全世界最尴尬的事情吧，伍姑娘又在后悔自己说的那句一起睡午觉的话，还没把所有的优点让他看见之前，就暴露了自己的缺点。

"真亲切，我妈妈也磨牙。"信伸了个懒腰，放下手臂的时候感觉要搂到了伍姑娘，伍姑娘屏住呼吸，希望真的能搂住自己，但是没有，信的手臂停了两秒钟，然后迅速缩回。

"你不会觉得很讨厌吗？"伍姑娘低声问道。

"不会，挺可爱的。"信转过头看着伍姑娘说，"我可以抱你吗？"

伍姑娘点了点头，然后绷紧了身体，信搂过伍姑娘，把下巴顶在伍姑娘的头顶，两个人都不说话。伍姑娘靠在信的胸口，听着他的心跳。能让你安安静静听他心跳的人一定是绝对信任你的。

"伍安。"信突然叫伍姑娘的名字。

"嗯？"伍姑娘挪动了一下头。

"没事，就是希望不管怎么样，你都好好的。"信的话就像是一个说了开头没有说结局的故事，但好像再问也问不出什么结果，伍姑娘把不知道该放哪里的手放到信的腰上，然后抱紧了一些。

"伍安，我回来了！"邱梓的声音从厂房外飘进来，随即是一声关车门声，伍姑娘立刻推开了信然后跑出房间，看到邱梓挽着田骏走进门，邱梓看到伍姑娘光着脚匆忙地从信的房间跑出来，闪过一丝捉摸不透的表情，然后立刻转变成八卦腔。

"你们两个趁我们不在都干什么了呀。"邱梓把手里的大包小包放到桌上，然后坐下。

"没有，什么都没有。"伍姑娘摇着手，然后找到还在沙发旁躺着的拖鞋穿上，"我听他唱歌呢。"

"可以啊你。"田骏坏笑地朝从房间走出来的信说。信笑了一笑，坐到邱梓身旁，伍姑娘脸红着抿了抿嘴。

"你们忙了一下午饿不饿，邱梓买了很多好吃的。"田骏点了支烟然后问道。

"对啊，有信最爱吃的鸡翅还有伍安最爱的黑巧克力，你不是说黑巧克力可以减肥吗？我买了很多。"邱梓从一个袋子里拿出几条黑巧克力，递给伍姑娘，伍姑娘接过，笑着说："谢谢。"

"客气个屁啊，看你的表情，有可能成为我嫂子，我要多拍你马屁呢。"邱梓高兴地说。

"我们没有，真的……"伍姑娘抿了抿嘴。

"你看你又抿嘴，撒谎了吧，我还不了解信嘛……他……"

"吃晚饭吧，饿了。"信打断邱梓的话。

空气里弥漫着说不清楚的气氛，暧昧和尴尬相互交织着，谁都不知道对方在想什么。

你 不 知 道 所 有 的 注 定 都 是 人 为

5/7

—

比起不喜欢你和喜欢你

但不能在一起，你更能接受哪一个？

伍姑娘搬进老厂房以后，除了那天和信的单独相处，就再也没有独处的机会了，多数放假的时候，邱梓和田骏也会在，或者是邱梓和信回家陪父母吃饭。就这样，两个月过去了，这一切真实得让人不敢相信还有可能回到 2016 年。

"下周我们要不要去海边玩？"这天又是周末，邱梓一早醒来和伍姑娘兴奋地说。

"下周不是要考试吗？"伍姑娘打了个哈欠说。

"对啊，就是因为考试啊，考试结束不要庆祝一下吗？"邱梓走出房间，"田骏，你醒了没啊。"

"醒了啊，你声音那么响，就算宿醉也都被你叫醒了。"田骏也走出了房间，抱了一下邱梓，正好从房间走出来的伍姑娘和信都看到了，两人相视一笑，伍姑娘摸了摸自己的头发。

"早。"就算一起住了两个月，但每次看到信刚起床的样子，还是让伍姑娘觉得心跳加速。除了在台上，这是他最性感的时候。

"我说你们两个什么时候确定关系？早点确认我就能和邱梓睡一间了。"田骏笑着对信说，邱梓看了他一眼，捶了一下田骏然后走向浴室。伍姑娘抿了抿嘴脸红着回头进了房间。

"别瞎说。"信低声和田骏说着，伍姑娘有些失落，如果自己表现得那么明显，信还是没感觉到，要么他是真的傻，要么就是他不想，现在看来应该是他不想吧。伍姑娘难过地趴在床上，再次出去的时候大家都在讨论下周去海边露宿的事情。

"伍安，你怎么才出来，我们都把时间地点给确定好啦，等下准备
去买装备了！"说到玩，邱梓永远是最积极的那个。

"啊，有什么我可以帮上忙的吗？"伍安问道。

"当然啦，你帮我们记一下要买的清单，我们准备去住一晚的。"
邱梓去房里拿出纸笔，"这些细致的活只能你做，他们也只相信你。"

"好。"伍姑娘坐到邱梓旁边，然后开始记录大家想到的要买的，
因为毕业后伍姑娘有露宿的经验，所以否决了大家提的一些没有必
要的东西。小会开得很有效率，吃完午饭以后，大家就开车去了市
区购置露宿装备。年轻最大的好处就是说走就真的走，因为没有那
么多借口，长大以后不是说走不能走，而是有了太多别人看不穿的
借口。

考试那天和往常一样，信坐在教室的最后一排，作为好学生的伍姑
娘假装上厕所，然后把答案从后门塞进去。反正考试的时候，差生
上厕所总是会被怀疑是要作弊，而好学生上厕所就是真的要去上厕

所。考试结束当天，老厂房的八个人开着两辆车，带着满车的装备去了八十公里以外的海边。

搭完帐篷已经天黑了，大家搭起木头架子拿出用来烤的食材准备晚饭，对于这里的大部分人来说，这应该都是他们第一次自己准备晚饭，所以大家吃得特别香。

他们讨论着要去学校旁边开一个烧烤店，每一桌都是自己烤的，那个时候自助烧烤还没那么流行，他们也一定没想到多年以后自助烧烤会那么火；他们也聊着毕业以后最想做的事情，邱梓说她想出国，田骏说他会陪着邱梓，邱梓嫌弃地说毕业那天她第一件事情就是甩了他，其他人都说想继续做音乐，轮到信的时候，许久沉默。

"如果我们这些人凑不满的话，我应该不会做音乐了。"信拿出一根木棍点燃手里的烟。然后大家也都不说话，乐队其他人都说会继续做音乐，只有邱梓和田骏说会去国外，所以这句话是说给他们听的吧。邱梓喝了口酒，故意没接话。

"伍安，你呢？"邱梓举起酒瓶示意敬酒，伍姑娘拿起脚边的酒。

"我？我挺想去二三线城市，然后建个小屋，种种菜什么的。"伍姑娘的话听起来有些幼稚，但是毕业以后每次被工作压到喘不过气的时候这真的是她最想做的事情。

"那你读什么书啊！"邱梓笑着说，伍姑娘抿了抿嘴，然后喝了口酒。"那要是我不做乐队了，和你一起种菜去吧。"信看着伍姑娘有些认真地说。伍姑娘不知道是因为火烧得太旺还是听了这句话觉得特别浪漫，脸红了很久。

"那你们现在就可以去了啊，种菜哪需要大学文凭啊。"很少有人喝多了以后说话还顾及别人的情绪。

"你喝多了，我们先去睡吧。"田骏扶着邱梓说。"老娘才喝了几口，哪里喝多了，我说的难道不是事实嘛，你说种菜需要读什么书啊，只要识字就行了，知道肥料名称就可以了，现在混在学校里不是耍老师嘛！任信，你不止耍老师，也在耍你爸和我妈啊，他们花了多少钱让你进的大学，你说你他妈毕业要跟她去种菜，你抽什么风啊？"

"邱梓！你真的喝多了，他现在是你哥哥。"这一句话藏了太多秘密，伍姑娘抿抿嘴，那他们曾经是什么关系？

邱梓突然安静了下来，然后看了一眼四周，拿着酒往另外一边走去，田骏跟在她身后，其他人陆陆续续地回了自己的帐篷，最后只留下信和伍姑娘，伍姑娘喝了口酒。

"你没事吧？"伍姑娘看着一声不语的信问道。

"没事，你呢？"信看着伍姑娘说。

"给我一支烟行吗？"伍姑娘不想继续猜测那句"现在是你哥哥"到底是什么意思。

信递过一支烟，然后两个人又陷入沉默。

"信。"五姑娘抿了抿嘴，觉得那些事情其实和自己也没什么关系，不管曾经发生过什么，对于自己来说只有不到一个月的时间和信相处，"我还有一个月的时间可能要去别的地方，但也不是消失了，就是以后的我不是现在的我……"

"你的意思是，一个月以后会从我的生活里消失是吗？"信看着还在燃烧的火堆问。

"嗯，就是你面前现在的我会消失。"伍姑娘其实想说的是希望两个人不要管任何曾经或者未来的事情，只管这一个月开开心心地在一起。

"嗯，我记住了。"伍姑娘知道信永远不会理解那一句话，她看着他的侧颜，原来有些故事就算被重新书写一遍结局也不会变，原先胆小害羞的自己并没有因为多活了几年重新遇见曾让自己心动的人就会变得胆大一些。

"你能不能清唱《止》最后那几句给我听？"伍姑娘说。

信扔掉手中的烟头，拿起放在一边的吉他开始弹奏起来，前奏和高潮都是弹着过去的，到结尾的时候，信的歌声慢慢开始附和着。二十岁的信有着性感的烟酒嗓，搭配着海浪声还有燃烧的刺啦声，大概是伍姑娘心头最浪漫的声音，好像这一趟回来只为了感受这一刻的浪漫。

如果闭上眼睛，你能想起来你爱过的人的声音吗？这种声音是你越用力想越模糊的？伍姑娘紧闭眼睛试图努力地记住信的声音。

抽完烟，灭了火堆，两人起身回帐篷。伍姑娘打开帐篷，看到田骏搂着邱梓睡着了，然后默默地拉上帐篷的拉链，低头慢慢地回到原先火堆的位置，想着如何度过今晚，灭了火之后的海边有些凉意，伍姑娘看着海浪，开始发呆。回想这两个月的生活，想起艾婧，不知道原先的生活会不会因为这三个月的出现而改变，两个人以后的关系会不会也变得不愉快，还有信，如果在仅剩的一个月内表白成功两个人在一起了，那么现实生活中两个人是不是还在一起，或者什么都改写不了……突然背后一阵温暖，信从背后抱住蜷着的伍姑娘。

伍姑娘回头看了一眼是信，深呼了口气，眼泪从眼角滑落。

"田骏发了消息给我，说他今晚睡邱梓那儿，你去我那边睡吧。"信温柔地说。伍姑娘转过身站起来，信也顺势站了起来。

"那你呢?"伍姑娘想起那个下午信和自己躺在一起抱着。

"我再坐一会儿,等你睡着了,我再睡。"信的每句话都想尽量让伍姑娘有安全感。

"不如……一起睡吧,外面挺冷的。"伍姑娘抿了抿嘴说。

"傻瓜。"信送伍姑娘进了帐篷,然后坐在帐篷外抽了几根烟,打开帐篷看到伍姑娘闭着眼睛应该是睡着了,然后轻轻地躺在伍姑娘身边,伍姑娘当然没有睡着,虽然帐篷里确实比外面暖和不少,但是伍姑娘还是觉得很冷,直到信躺下的时候,才觉得开始有暖意。

伍姑娘假装翻了个身,靠近了信一些,信顺势也搂住了伍姑娘。今晚,邱梓的话让每个人都各怀着谁都不愿意捅破的心事,通常美好的关系都是建立在每个人心里都藏着小秘密的相处中。

胆 小 鬼 是 连 幸 福 都 会 害 怕 的

6 / 7

——

回忆的时候，
竟然发现年轻时的爱情比现在更理智。

露宿结束后整个老厂房的关系都变得有些微妙，邱梓回老厂房的次数越来越少，信说邱梓的妈妈希望她明年出国，最近一直在办手续。伍姑娘问信："那你呢？"

信说："我？这儿挺适合我的。"

这天是周六下午，好久没有回老厂房的邱梓和平日里自带光环的她不一样，她看起来有些疲惫，好像和住院那段时间一样，伍姑娘想去问候几句，可是上次露宿以后，伍姑娘有些不知道该如何主动和邱梓说话。

吃晚饭的时候大家聊着关于邱梓出国的事情，邱梓心不在焉地回答着大家的关心，田骏一声不吭，大家都以为两个人又吵架了。晚饭过后，大家出去约会的约会，看电视的看电视，练琴的练琴，伍姑娘和其他几个乐队的人窝在沙发里看着侯孝贤的《最好的时光》。这是伍姑娘第二次看这部片子，在当时还算是新片，片中正放着舒淇和张震错过末班车然后躲雨，《Rain and Tears》的音乐响起，伍姑娘起了一身鸡皮疙瘩，第一次听这首歌的时候，她就觉得这首歌可以循环一辈子。"你走了最好，不然总担心你要走。"这是这首歌给伍姑娘的感觉。

信和邱梓还有田骏都不在客厅，伍姑娘又陷入了这首歌带来的悲伤之中，有些走神。电影放到一半的时候，伍姑娘起身想去厨房倒杯水，厨房在信卧室的隔壁，进入厨房的时候伍姑娘听到了邱梓的哭声，虽然不响，但是抽泣声一听就是女生的，这个房间只有两个女生，一个是她一个是邱梓。

"如果没有她，你会和我一起出国吗？"邱梓刻意压低声音问，因为这儿的左右墙都是隔墙板，所以隔音自然不会太好。

"和她没关系，我们已经结束了，田骏很适合你，以前的事情我很抱歉，我已经惩罚自己够久了，我不知道你什么时候肯放过我？"这是伍姑娘听信说话最多的一次。

"你说过去就过去了？要不是因为你，我现在会是这个样子？任信你他妈的是不是人，我以前有多乖你不知道？我以前保送清华你不知道？我妈因为我们的事情自杀过你不知道？这才过去多久，因为一个伍安，你就不管我了？田骏只是我用来气你的你不知道？"邱梓的声音越来越响，好在客厅里的电视声够响，伍姑娘抿了抿嘴，本来以为只是单纯的感情纠葛，听起来有些复杂，"而且田骏是同性恋，他和我在一起也是在利用我，否则我也没有办法和他在一起那么久。"

"够了，我不可能因为你一辈子再也不喜欢任何人。如果你不喜欢田骏，我希望你也放过他。"信说，然后是打火机的声音，一共点了两次。

"我就是要折磨你身边的人，你应得的，你要是不服，娶我啊。"邱梓挑衅地说。

"我没有办法再和你沟通了，现在的你让我觉得有点……恶心。"信的语气是烦躁的。

"啪！"邱梓重重地扇了信一个巴掌。伍姑娘倒吸了口气，然后拿着水杯走到客厅里，坐下，假装什么事都没有发生。

田骏回来的时候已经是半夜，带了很多夜宵回来，伍姑娘看着田骏，久久没有开口说话，大家纷纷出来吃夜宵，伍姑娘没有再敢回房间或者是经过信的房间。信出来的时候右脸有一些轻微的红印子，不仔细看不会察觉，伍姑娘抿了抿嘴低头吃着夜宵，其他人有说有笑，邱梓没有出来，田骏笑着说："最近来姨妈，躁得很，我去叫她。"田骏进去没到一分钟，房间里就传出邱梓的大叫声："滚！"

信和伍姑娘依旧低头不说话，田骏出来，看了一眼信，"信，出来一下。"信抬头看了一眼田骏，放下筷子拿起烟跟着走了出去，伍姑娘放下筷子，有点想跟过去，却找不到任何理由，虽然自己已经将邱梓和他的对话串起了一个过去的故事，但又希望会有另外一个版本，她想知道故事的始终，也害怕知道，怕知道后发现原来两个人真的没有办法在一起。

信和田骏出去聊了很久，久到全部人都入睡了，只剩伍姑娘一个人了。伍姑娘不想回房间，不知道如何再次睡到邱梓的旁边，至少今天的争吵提到了自己，邱梓应该是讨厌自己的吧。伍姑娘躺在沙发里，迷迷糊糊地睡着了，后来被信和田骏的开门声吵醒，伍姑娘立刻坐直，看着憔悴的信和田骏，田骏拍了拍信的肩膀，然后回了自己房间。

"没事吧，我能帮什么吗？"伍姑娘抿了抿嘴问道。

"没事，你有什么想问的吗？"信关上门坐到伍姑娘的旁边。

"没有。"伍姑娘抿了抿嘴，假装微笑着说。

"今晚你睡我那边吧，我睡田骏那边，你不要回邱梓房间了。"信喝了口水和伍姑娘说。伍姑娘知道信是在保护自己，可是为什么呢？她想知道，可是开不了口，她怕一开口知道真相后什么机会都没了，根本不是三个月的时间问题，而是永久性不可能在一起。

"邱梓没事吧？"伍姑娘还是开口问了。

"她时不时就这样，她有新对象了会这样，我有喜欢的人了她也会这样。"信无奈地一笑，伍姑娘想那次她不开心应该是因为信有了喜欢的人吧，那个人应该是自己吧。

"快睡吧。"信摸了摸伍姑娘的头，然后起身进了浴室。伍姑娘起身站在邱梓的门帘外犹豫了一会儿，许久没有听到里面有任何声音，最后还是转身进了信的房间。

信洗完澡站在房间门口徘徊了一会儿，伍姑娘看到他的身影站了几秒钟，然后再走开，他关了客厅的灯，然后进了田骏的房间。

第二天一早，伍姑娘听到了车启动的声音，醒来看到窗户外有辆私家车接走了邱梓和信，伍姑娘抿了抿嘴，起床，撞上一脸没睡醒的田骏。

“早。”伍姑娘看着田骏，想从他那儿听点什么。

“早。昨晚你还好吗？”田骏看着伍姑娘，以为信和她都说了。

“我没事。”伍姑娘停顿了一下，“信昨晚……没事吧？”

田骏走到沙发边坐下，倒了杯水，“看你的反应，他应该什么都没和你说吧。”

“那你觉得我应该知道吗？如果你觉得我不知道会比现在好，那你不用说。”伍姑娘抿了抿嘴也坐下。

“他没有说就是不希望你知道，其实那些都是他们的过去，说出来也没有什么。”田骏的话让伍姑娘又犯了纠结症。

“那你要不说个开头，我看下要不要听下去。”伍姑娘小心地说。

“这种事情还是让信自己说吧，总之，他是喜欢你的，不在一起是他唯一能做到的保护你的方式。”田骏深吸了口气站起来拍拍伍姑娘的肩，"别多想了，以后你会知道爱情里棘手的问题多了去了。"

伍姑娘终于听到了信喜欢自己这句话，虽然是从别人口里，没有想象中的浪漫，也没有想象中的激动，好像这句表白在自己的脑海里排练过无数次了，这句话好像是在和自己说。你们没有办法在一起的，和喜欢不喜欢没有关系。在一起的原因只有一种，因为喜欢；不在一起的原因太多了，任何一件别人听起来像是笑话的原因都会成为你们的结局。所以知不知道这个理由对于伍姑娘来说好像也并没有那么重要。

伍姑娘走进房间翻了一下日历，11 月 5 日，还有一周的时间那个不知道是真是假的梦就结束了，不管有多喜欢，也都要结束了。

傍晚，门外传来一阵机车声，是信回来了，他一个人。田骏下乛接了个电话就出去了。

信停好车抬头看见站在门口的伍姑娘，两人对视了几秒钟，伍姑娘抿了抿嘴，信走向前，用力地抱住伍姑娘，不知道为什么，这一抱好像是信在说抱歉，像是在说"我已经努力了，但是我们没有办法在一起"。伍姑娘的鼻头一酸，其实伍姑娘不知道从什么时候就已经知道两个人的结局，只是一直还抱着希望，这一个拥抱，没有任何语言却好像是信用尽全身力气写完了他们的故事的结局。

伍姑娘拼命地回想着这三个月是不是有哪件事又做错了，是不是还是不够努力，是不是应该回到更早与他相遇……

我们总是太在意相遇的方式和相处的过程，却总是忘记如何去和那个在这之前从没有想过要分别的人说再见，在快要结束的三个月最后几天，和所有人好好说再见是伍姑娘唯一想做的事情。

纵 使 黑 夜 孤 寂， 白 昼 如 焚

7 / 7

———

最让人心疼的是那些每次道别都特别认真的人，在你以为的那句"再见"是会再见面的时候，她可能以为是再也不见，你的每次潇洒转身都可能成为她的泪点。

如果那个梦是真的，今天太阳升起的那一刻就是伍姑娘在 2005 年的最后二十四小时，伍姑娘很早很早就起床了，她为所有老厂房的人做了早饭，然后低头坐着准备开始写信。她想在最后一天通过文字的方式留下些什么，如果这三个月真实的存在能改变未来，那么这些文字是最好的回忆。可是伍姑娘呆坐了两个多小时，一个字也没有写。

"今天这么早？"是信的声音，伍姑娘抬起头，却不敢直视他的眼睛。

"嗯，睡不着就起来了，我做了早饭，我去热一下。"伍姑娘起身准备进厨房。

"我想吃面。"信理了理头发，"就是你第一次给我做的那种面。"伍姑娘停下脚步，背对着信，抿了抿嘴，"好。"

"你是不是有心事？"信站起来慢慢地走到伍姑娘前面，伍姑娘忍住眼泪，"没有啊，为什么那么说？"

"你今天不敢看我。"信伸手想摸摸伍姑娘的头，伍姑娘后退了一步。

"我想回去看看艾婧，搬到这儿后都没见过她，上次跟她吵架了。"伍姑娘抿了抿嘴，"她估计还没原谅我。"

"好，等下送你回去。"信缩回手，低下了头。伍姑娘走进厨房，下面煮水的声音和她的抽泣声重叠在一起，水开的时候，伍姑娘打开锅盖，撒下一把面条，面条慢慢地软掉，最后都摊到水平面下方，伍姑娘瘫坐到厨房的角落。信隔着墙听着伍姑娘抽泣，以为伍姑娘的情绪奔溃是因为他和邱梓的事情，他从来没有刻意隐瞒他和邱梓的事情，如果伍安开口问他，他会告诉她事情的所有真相。

吃过早饭，伍姑娘在房间里逗留了一会儿，她试图带走什么可以代表记忆的东西，从窗户开始，然后一步步往后退，不想错过任何一个回忆，一步一步走直到走到门口，发现没有任何想带走的东西。信站在伍姑娘的身后，心里满是自责。

伍姑娘退到门口的时候撞上了信，伍姑娘背对着信，低下头抿了抿嘴。"为什么觉得你今天所有的行为像是在告别？"信站在伍姑娘身后低声地说。

"嗯？哪有。"伍姑娘躲着信的眼神，"就是最近记性不太好，怕明天醒来会忘记今天发生的事情，所以努力记住一切。"还有，还有身后的你，只是不敢说。

"傻瓜。"信往前走了一步，从后面环抱住伍姑娘，伍姑娘颤抖了一下，想挣脱却又想抱得更紧一些，"走吧，去见艾婧。"

信没有松开手，下巴抵着伍姑娘的头顶，许久，直到客厅的收音机放到那首《Rain and Tears》，伍姑娘用力地挣扎了一下，信才缓缓松开。

今天的风格外大，伍姑娘坐在机车后座，耳边只有风的声音，甚至害怕车开得再快一些，风会把头盔给割开。伍姑娘下意识地把放在信腰间的手环得紧了一些，信低头看了一眼环抱住自己的手。

今天是周末，又是刚吃完早饭还有点凉意的时候，学生都在校园里晃荡着，信的机车经过他们的时候，他们的注意力总是会被吸引过来，围坐在一起的女生看到坐在信身后的伍姑娘离开后立刻又聚到一起开始猜测，然后把猜测当作流言蜚语再传播开来。学校的绯闻几乎都是这样的，不管你们之间有怎样的故事，在别人的嘴里和耳里已经有了他们自己想好的各种版本。

"我在这儿等你吧。"信接过伍姑娘的头盔。

"嗯，好。"伍姑娘当然早就决定今天告别的最后一站是信，其他人的告别对白都已经想好，只有他的，怎么都想不好。

伍姑娘走进寝室楼门，看到阿姨依旧低着头嗑瓜子，从来不会抬头看是谁进了女生寝室大楼。伍姑娘微笑一下，阿姨没有回应，低头继续嗑瓜子。伍姑娘将耳侧的碎发掠了一下然后转身拐进楼道，身后的电话声响起，伍姑娘下意识地停下脚步，阿姨反应倒是快，只响了一下，电话就被接起。

"喂，找谁？"阿姨把刚刚来不及吐的瓜子壳吐出来，"伍安啊，哎哟，跟你说了多少次了，她搬到校外住啦，我再帮你问问她室友好哦？……哎，你干吗！"伍姑娘抢过电话，阿姨来不及反应，手里的瓜子散落在地。

"妈？"伍姑娘抿了抿嘴低声地叫道，然后屏住呼吸，想听清楚电话另一边的声音。

"小伍？"妈妈带着哭腔和小心疑问道。

"妈，我好想你。"对于那个时候的伍姑娘来说，信和妈妈是自己的唯一软肋。

"小伍，你去哪里了？你真快让我担心死了！"妈妈的声音还是记忆中的声音，语气也从没有责备，不管伍姑娘做错什么事情，妈妈总是温柔的口气，好像如果一重就会失去唯一的精神支柱。

"对不起。"伍姑娘抿了抿嘴，她甚至没有做好准备该如何和这个时空的母亲说再见，"妈，如果还想他的话，你就去找他吧。"伍姑娘突然开口，电话另一头的母亲以为自己听错了，愣了半天没有说话，"我后悔了……人生也就那么几十年，不要把时间浪费在想念这件事情上。"伍姑娘停顿了几秒，"不管以后发生什么我都爱你，我也会试着重新爱他。"

伍姑娘说完挂掉了电话，眼泪滑下来，伍姑娘最最害怕和妈妈说再见，她不知道妈妈如果再多说一句话自己要怎么接，她想把妈妈抱在怀里告诉她，她已经没有那么恨伍建林了，如果可以，她愿意三个人再次围坐在一起，听听伍建林消失的那三年做了哪些事情，遇到哪些有趣的人。

伍姑娘抬头的时候艾婧拎着一份打包的饭站在她对面，伍姑娘来不及整理自己的情绪，看到一脸倔强的艾婧，伍姑娘哭着哭着笑了出来，艾婧咬了一下嘴唇也哭了出来。

"你什么意思？"艾婧开口。

"我，来和你道歉。"伍姑娘往前走了两步。

"谁要听你道歉啊。"艾婧说完转身走向楼道，往寝室走去，伍姑娘快速跟上。一路到寝室，两人没有说话。

"我和你讲，你最好和我说你最近过得多好多好，和任信怎么幸福法，其他的我都不要听！"艾婧坐下，看着关上门的伍姑娘。

伍姑娘抿了抿嘴，"对不起。"

"对不起？为什么对不起。"艾婧再次哽咽，"你是不是过得不开心？他是不是对你不好？我听了其他同学对你们的议论，他们说邱梓学姐和任信才是一对，是因为你才分开的，我天，这都什么跟什么，这怎么可能是真的？"

伍姑娘抿了抿嘴，事实上她自己也解释不清楚，"我过得特别幸福，我觉得特别幸福，不管如何，我们过得幸福不幸福是我们自己说了算的，以后，不管别人和你说我什么，如果我没有亲口和你承认，那就不是真的；你也是，不管别人和我说你做了什么，我都不会信，除非你承认。因为我相信我们以后都会把自己活得很好。"伍姑娘的话说完，艾婧皱了眉头，这样的伍安应该是过得不好，可是那样倔强的她怎么可能承认。艾婧走近伍姑娘，看着她，伍姑娘抿了抿嘴。"好，以后你亲口和我说你过得不好才叫真的不好，不然我就认为你过得比谁都好。"艾婧看着这样的伍姑娘，有些心疼，大概是爱得太难了。外面的流言蜚语虽然很狗血，但却无风不起浪，艾婧多少知道点伍姑娘的处境，但就像伍姑娘刚说的，如果她不说，她就不相信。

伍姑娘离开寝室的时候偷偷拿走了艾婧书桌下压着的她的一张一寸照片，虽然现实生活中还和艾婧偶尔联系，但是伍姑娘相信现在的艾婧也很想念那个时候的自己，那个时候的彼此。如果真的会回去，那第一件事就是约艾婧见面把这张一寸照给她看。

走出女生寝室的时候，信的旁边站着两个小个子女生，很激动的样子，信确实一副像伍姑娘第一次看到他的时候什么事情都和他没有关系的表情，看到伍姑娘走过来，信站直，伍姑娘突然有种男朋友接女朋友去约会的错觉，两个小女生窃窃私语着离开了。

信看着伍姑娘一声不语地走过来，摸了摸她的头发，"还好吗？"
"没事，她原谅我了，你不知道，女生之间矛盾有多容易产生就有多容易化解。"伍姑娘拿起头盔一副准备赶往下一个告别站的姿态，"你知道，嗯，邱梓今天在哪里吗？"

"在家。"信也戴上了头盔，"你要去见她？"

伍姑娘点了点头，信也不再问，一路上信和伍姑娘没有再多交流，伍姑娘只是用力地抱着信的腰。

"她妈妈今天也在，你是要进去，还是叫她出来？"信停好车问伍姑娘。

"要是不介意的话我进去吧。"伍姑娘抿了抿嘴，反正是最后一天了，还要顾及什么呢，前三个月就是顾及这些那些才让最后一天变得那么匆忙。

进门的时候邱梓和她的妈妈正在吃午饭，伍姑娘有些不好意思，邱梓的妈妈长得很年轻，邱梓是照着妈妈长的，"阿姨，您好，我是邱梓学姐的同校学妹，我……"

"你是伍安吧。"邱梓的妈妈打断了伍姑娘的介绍，伍姑娘抿了抿嘴。邱梓放下了手中的筷子，有点尴尬地站起来，"你们怎么一起回来了？"

"她有事找你，我顺路就把她带来了。"信勾着伍姑娘的肩，然后一起坐到客厅正中央的沙发上。"想喝什么？"信转过头问伍姑娘。

"不用麻烦了，谢谢。"伍姑娘觉得气氛有些奇怪，邱梓的妈妈不动声色地吃着饭，好像摆明了你们的事情我不干预的态度。

"邱梓学姐，你先吃饭吧，我等下和你说。"伍姑娘看着站在沙发边的邱梓说。

"没事，你说呗，我吃得差不多了。"邱梓笑着说，好像什么事情都没有发生过，"嗯，或者要不要去楼上说？就我们两个。"邱梓如果不喝酒的话，情商从来都不低，也不会为难人，伍姑娘点头。

房子很大，绕到二楼的阳台足足走了五分钟，邱梓递了罐啤酒给伍姑娘，"喝点吧，我们都是需要喝点酒才能说实话的人。"邱梓知道信把她带回家找自己那肯定是很严肃的谈判了。

伍姑娘抿了抿嘴，打开酒喝了一口，确实和邱梓不知道从何说起，以前的她从没有想过和她一直喜欢着同一个男人，这个男人甚至都是她们的整个青春。

"伍安。"邱梓看着楼下信的机车，"那辆机车是三年前他生日的时候我买给他的，我没有想过有一天他会载别的女孩。"邱梓喝了口酒，"那年生日，他写了首歌给我，分开以后他很少会唱这首歌。"伍姑娘知道她说的就是那首她曾经幻想是写给自己的歌，伍姑娘抿了抿嘴。

"其实我一直也在努力,努力告诉自己已经结束了,可是伍安,你知道吗,有些故事虽然原作者已经写好结局了,但是读者就是不认可那样的结局,读者觉得前面铺垫的故事就应该是有另一种结局的。"伍姑娘始终没有想明白多年前那个帮自己追信的邱梓学姐是什么心态,伍姑娘只是回来三个月,不可能连同所有的故事都扭转了吧,所以邱梓和信的故事居然在那么多年以后才知道。"但是,他是真的很喜欢你,喜欢到有点不是我喜欢的那个信了。所以,伍安,我清醒的时候还是挺感谢你的。"邱梓笑了,是那种真心开心的笑。

"如果没有我,你们还会在一起吗?"伍姑娘抿了抿嘴问道。

"不会,我是那个读者,他是作者,书早就写好了,已经出版了,而我却希望他收回所有卖出去的书重新写结尾再发行,谁都知道不可能。"邱梓有些哽咽,然后强忍着举起酒瓶,伍姑娘也举起酒瓶。"伍安,说真的,如果是你,我愿意退出。"邱梓微笑着看着抿嘴的伍姑娘,"而且我确实也退出了,我马上要出国了。"

"谢谢你,可是……"伍姑娘停顿了一下,"我怕我做不好。"伍姑娘想着三个月培养感情的那个人是自己,明天的自己不知道在不在状况内，也许那个自己还是个傻姑娘，傻到如果知道邱梓和信以前的事情会崩溃会无法接受，所以不要替以后的自己去做决定，自己在这个时空和信的结局还是交给明天的那个自己吧。

"担心自己会做不好？青春不就是这样吗？要是哪天不管什么事你都有信心能做好，那你的青春就结束了。"邱梓说。

信一直靠在楼梯拐角处，一脸担心，又努力装作什么事情都没有，看到伍姑娘下楼的时候，他本来想假装离开却发现太过刻意。

伍姑娘是很难藏心情的人，她和信调皮地一笑，好像今天的告别都结束了，终于剩下的时间只有他们了。

"上次那个野营装备你知不知道放哪里了？"伍姑娘小声地问信。

"在老厂房的储藏室。"信转过身，露出难得的坏笑，伍姑娘抿了抿嘴，"怎样，今天就我们两个。"

"你等下。"信转身进了某个房间，一会儿就走了出来，"换个车。"

然后信走到停车库开了一辆吉普和伍姑娘离开，两个人顺道买了一些食物，再回到老厂房拿上帐篷和一些其他装备。

到海边的时候已经是黄昏，伍姑娘站在海边看着太阳，许久不敢眨眼，记忆里，学生时期的自己从来没有那么认真地看过日落，原来这种美和现在看到的美是两种感觉，眼前的日落光晕美得有些暧昧，伍姑娘闭上眼睛想象着现实生活中上一次看到日落的心情。

睁开眼睛的时候，伍姑娘回头看了一眼信，信坐在身后抽着烟看着自己，伍姑娘抿了抿嘴脸有些红。

如果时间能定格该多好，不需要定格在他抱着我，也不需要定格在他亲吻我，甚至都不需要定格在他离我只有几公分的距离的时候，只需要定格在此刻，两人隔了十几米远，但是彼此的眼里只有对方。

信看着远处低下头的伍姑娘，起身慢慢走到她身边，"说吧，今天怎么了。"

伍姑娘有些惊讶又有些惊慌，自己确实表现得不可能不让人好奇，可是该怎么解释呢。"最近堆积的事情有些多，觉得总是要处理的，沟通是最好的解决问题方式，刚好今天有空就去都解决了。"伍姑娘抿了抿嘴然后往准备食物的地方走去。

"不信，但你不想说我就不问了。"信跟在后面说，对于信来说，伍安从家里的楼梯走下来的那个笑容是他们开始的一刻，而对于伍姑娘来说，那是句号。

"信。"伍姑娘递过刚烤好的鸡翅给信，"你会不会为我写首歌啊。我说以后，为现在的我。"

信看着伍姑娘犹豫了几秒，"会啊，歌名就叫5，12345 的 5。"

"谢谢你。"伍姑娘笑了。

"傻瓜。"信虽然觉得伍姑娘奇怪，却也习惯了，她总是有自己的小心思，问了也没用，反正只要她一抿嘴就知道她说的是不是实话。

火堆烧得特别旺，太阳彻底下山了，好像是一瞬间，天就变成黑色的了，那个时候的夜晚还是能看见繁星点点的，伍姑娘尽量不让自己去想任何事情，让自己处于最放松的状态，她伸手躺在草坪上，这种表面假装什么都不在乎心里却把事情全都想了个遍的感觉不就是信一直给自己的印象嘛，坐在对面的信此刻也是一脸轻松，依旧一副什么都不在乎的表情，他的心里应该也会因为自己的离开而难过吧，可是他怎么知道自己离开了呢？

信看到伍姑娘看自己，起身往她这边走来，伍姑娘把头扭向另外一边，抿了抿嘴，开始莫名紧张起来，信在伍姑娘旁边躺下。

"你有什么要和我说的吗？"伍姑娘问道，信笑了一下。

"很多，不知道从哪个问起，等想起来的时候再问吧。"信说。

"最想问的呢？"伍姑娘怎么可能等到他想起来的时候呢。

"你说我们能在一起多久？"信突然有些认真，伍姑娘竟被这一句只是问题的话感动了，好像这不是一个问题，而是一句告白。

伍姑娘往信的地方挪了一下，然后头埋进他的胸口，闭上眼，认真地听着他的心跳，心想着该怎么回答这个问题。

夜晚的海边很凉，也不知道沉默了多久，伍姑娘竟睡着了。信听着伍姑娘的呼吸声渐渐变重，低头亲了一下她的头发然后也闭上了眼睛。

伍姑娘做了一个很长的梦，梦里信在弹唱着一首很好听的旋律，但是怎么记都记不住，伍姑娘紧锁着眉头用力地听着，突然急刹车，伍姑娘猛然醒了过来，自己坐在一辆车的副驾驶，旁边开车的人是他，他回头温柔一笑，有些抱歉。

伍姑娘拼命地呼吸，想着明明刚刚还躺在海边，明明刚刚还躺在信的怀抱，明明还在思考两个人可以爱多久，明明鼻子边还飘着信身上淡淡的味道……

我们总是想得太多，总是觉得要把最好的情话说给最在乎的人听，却在总是在思考怎么说情话的过程中失去了那个人，最后，再也没有机会。

多年以后，那个偶遇的街角，伍小姐和信相遇，信说："如果可以，想重新来一遍。"伍小姐拒绝了，信下意识地摸了一下背包里的一张碟，那张碟里只有一首歌，歌名叫《5》。

青春的意义在于勇于改变，而不是虚心接受，那些如今越是表面云淡风轻的人的青春越是兵荒马乱，青春就是你做任何事情都没有底气，当你做多了没有底气的事情，有一天发现再去尝试一件未曾做过的事情时变得开始有把握，那么你的青春就结束了。

PART 2

三 个 月 后 ，

伍 小 姐 变 成 了 二 十 四 岁

你还记得你做过最不要脸的事情吗?

初恋的时候,她每周末都骗家人是去补课,实际上是拿着补课的钱
和那个男生去吃饭、去看电影、去父母不舍得花钱去的游乐场;第
二次恋爱的时候,她骗男朋友说自己是第一次,有次聚会上,闺蜜
不小心说漏了嘴,她和闺蜜冷战了一个多月;后来,她喜欢上了一
个有女朋友的男生,有次在一个群里找到了他的联系方式就加上了,
一个礼拜后,她发了一段表白的话过去,那个男生没有回消息……

通常脸皮厚的人不容易被伤,但一旦被伤害,承受的一定是比普通

人承受的痛楚的百倍。

你大概也曾经历知道自己正在经历梦境，然后努力地想控制自己的梦境，然后猛然惊醒，又努力让自己睡着继续进入梦境。

伍姑娘躺在任信的怀里，又一次进入了梦境，面前只有那个玻璃瓶，里面只有两张字条，伍姑娘慢慢地把手伸进玻璃瓶，摸出一张字条打开。

2010 年，秋，九先生，爱情，从没有对错，在还爱的前提下选择放弃才是错。

九先生，没有几个人知道他到底姓什么，有人说他就是姓九，是唐朝翰林应奉九嘉的后代，也有人说他喜欢收藏酒，家里三百平方米，二百平方米都是放酒的，所以应该是酒先生，后来叫着叫着就成九先生了。

九先生是伍小姐毕业后第二份工作的客户之一，他的智慧写在脸上，在还没有原谅伍建林之前，全世界只有九先生说的"没事，有我在"是可信的。

这座城市天生就适合恋爱

1/7

———

你逃避得了一个人，但你逃避不了和那个人有关的事。

伍小姐看着九先生的侧颜很久很久，心里还在想着是不是因为矢去信该很难过，可是怎么也难过不起来，好像过去的三个月从没有发生过一样。

"Sorry，吵醒你了。"九先生转头看了一眼刚刚还在熟睡，因为自己的走神急刹车而惊醒的伍小姐。

"没事，我们现在去哪里？"伍小姐实在想不起来在这之前两人是从哪里结束了什么事情。

"嗯？你觉得呢。"九先生有点惊讶地回答，伍小姐抿了抿嘴看下窗外，正在经过的是曾经他给她买的公寓房的必经小路，转弯处的那棵大柏树下后来埋着他们一同养的猫。六年前，伍小姐一直在想自己何德何能会遇到对自己那么好的人，可是明明他对自己有意却始终刻意回避任何形式的亲密接触，直到知道他在和她相处的时候已经订婚并且还结了婚的真相后才恍然大悟，所有的回避都是在试图弥补本不应该属于她的好。

那天，伍小姐接到了一个陌生女人的电话，对方的声音温柔至极，光是听声音就觉得这两个人是一对，可是她却平静地诉说着他和她的故事，故事并不新鲜，青梅竹马，家族联姻。惊讶的是，她说，他们之间虽然没有爱情，但是也没有比对方更适合自己的人。伍小姐挂了电话之后当天就搬离了那个他说压力大的时候唯一想去的地方的家，没有一句告别。他从来没有和伍小姐聊过自己的家庭，伍小姐也从来不过问，谁都看得出来他的家世很好，如果细问显得自己有些婊，所以伍小姐就这样在以为对方是单身的前提下和他相处了一年多。

离开以后，伍小姐一直在想，如果就像她说的，他们之间真的没有爱情，那么他们才是应该在一起的一对，也许九先生缺的就是有一个人点破他们的无爱婚姻。

"我刚刚做了一个很奇怪的梦，我梦到我们最后没有在一起。"伍小姐试探地说着，九先生轻轻地踩了刹车，慢慢地把车停在路边。以前，伍小姐从来不会和自己那么直白地聊感情问题，九先生总是很心疼伍小姐的太过懂事，今天的伍小姐却突然说了那么一句话，大概是因为自己无法给眼前的她更多的安全感。

"前面吃饭的时候看你心事重重，有什么我能帮上忙的吗？"九先生的语气和多年前那个电话里的女人一样，温柔而冷静。

"没有，这两天没有休息好，走吧。"伍小姐微笑着说，这个时候确实不适合谈情说爱。

九先生看着伍小姐，满眼温柔，像是准备抱紧她的眼神，下一秒却启动了车开进了公寓停车场。九先生很少送伍小姐上楼，一般车开到停车场上楼的电梯旁就离开了。

伍小姐好像是回到了六年前，熟练地解开安全带，回头笑了一下，"明天见"，然后下了车，头也不回地上了电梯。九先生看着伍小姐上了电梯然后开车离开，听到油门加速的瞬间伍小姐拼命地按着打开电梯门的按键，目送着九先生，六年前，每天都如此。

电梯门关上的那一刻，伍小姐在楼层按键上停留了一会儿，是几楼呢，怎么突然有些想不起来了呢？伍小姐打开包翻着试图找到有自己家地址的信息，在钱包里翻着各种名片，然后翻到了夹在名片里的艾婧的那张一寸照，她抿了抿嘴，想着抽空去见艾婧一面，最后她在手机购物软件里找到了收货地址。

进房门的那一刻，伍小姐有些不敢开灯，怕回忆汹涌而来。伍姑娘在黑暗里沉默了许久，这三次后悔的机会究竟从何而来，无从知道，可是第一次她并没有好好把握机会，人是回去了，自己的情商和智商都倒回去了，丝毫没有因为这些年的经历变得成熟勇敢。于是伍小姐决定这一次，一定要按照自己最想要的结局走。

伍小姐从包里翻出手机，离开手机已经三个月，伍小姐有些怀念拿着手机来消耗想念和难受的时光，她翻着手机通讯录和仅有的几个手机软件，那个时候智能手机才出来不久，用微信的人也不多，还停留在用 imessage 的阶段，信息栏里躺着几条垃圾短信还有九先生的一条未读短信。

"生日那天的时间留给我。"伍小姐看了一下日历，下周五是自己的生日，掐指一算，今年是自己的第二个本命年，伍小姐抿了抿嘴，现在的伍小姐一点都不在意这些在年轻时最在意的节日，她在意的是如何找一个契机和九先生坦诚地聊一下，她没有像以前一样有一年多的青春可以浪费在他身上，她想要的很简单，无非就是帮九先生去选择自己最想要在一起的人，而且伍小姐确认那个人会是自己。伍小姐第二天是在闹钟声中醒来的，她在床上发呆了足足有半个小时，才反应过来自己还需要上班，一骨碌爬起来，拉开窗帘，毕竟是曾经住过一年多的房子，每件家具每个角落都是自己精心布置的，在阳光的折射下，房间显得特别温柔。

伍小姐看了一下时间，8：45，然后匆忙花了十分钟梳妆打扮好，然后站在窗边看了眼楼下，伍小姐当然记得那一年九先生每天九点整会在楼下等她，不会过早也从不迟到，今天也不例外。

伍小姐拎起包下了电梯，快到一楼的时候伍小姐突然问自己，有没有关门，闭上眼睛抿了抿嘴，伍小姐决定上楼看一眼确定一下。自从伍小姐单独住以后，就慢慢开始有了一些强迫症的表现。上楼以后，发现门是锁好的，伍小姐觉得自己特别蠢，不知道为什么，不管回到哪个时间段，那个时候的小愚蠢也统统被唤起了，如今的干练理性好像根本没有发挥出来。

如果说九先生仅仅是多金帅气，又对伍小姐有些好，那么肯定是不能让伍小姐如此难以忘怀的。在伍小姐眼里，九先生像是个魔术师，就拿早餐来说好了，九先生每天都能变着样给伍小姐准备好早餐，不知道是九先生编的还是有心去找的这些早饭，反正伍小姐每次都特别用心地去吃早饭。九先生准备的早饭有时候是金婚老夫妇在弄堂里手工做的油条豆浆，有时候是大学生们做的早餐创业项目送的体验套餐，有时候是街角那个看心情才出来卖粢饭团的老阿姨的限量版粢饭团，有时候是网上特别火排队也不能买到的网红夫妻煎饼，总之每一天的早饭都有一个故事。

伍小姐后来才知道有些故事是九先生为了哄伍小姐吃早饭才编的故事，伍小姐的胃不太好，又不爱吃早饭，所以只有这些有故事的早饭才能说服伍小姐用心地吃完每顿早饭。

伍小姐上车系好安全带，像以前一样迫不及待地打开早餐袋，她已经忘记有多久没人关心自己有没有吃早饭这件事情了，看到早餐袋里躺着几对颜色不一的小笼包，伍小姐有些感动。她记得这份早餐的故事，九先生当年说的版本是一个男人为了自己的盲人妻子开的这一家彩色早餐店，因为妻子是天生盲人，整个世界只有黑色，甚至连白色都没有见过，所以为了让妻子感受彩色的世界，他把颜色做成了吃的，用味道来告诉妻子这个世界的颜色。粉色的小笼包的馅里面加了花香味，他说，粉红色的味道就是花香的；绿色的小笼包里加了黄瓜，他说绿色就是健康的味道；紫色的小笼包里面加了一些玫瑰花，他说紫色是浪漫的，尝起来就是玫瑰花的味道……

"怎么，看你的表情好像不太想听今天早饭的故事。"九先生笑着启动了车。

"当然不是，只是今天的早餐有点美貌，美貌得有些舍不得吃。"伍小姐拿起一个粉色小笼包塞进了嘴里，伍小姐闭上眼睛，假装是个盲人，感受花香的味道。

"你找到了吃这个小笼包的正确方式。"九先生看了一眼细细品味的伍小姐说。

九先生一路再也没有说话，伍小姐吃完早餐静静地看向窗外，多数情况下，两个人都是以这种方式相处的，但从未觉得尴尬，那个时候的伍小姐觉得放空是世界上最放松的状态。

九先生的车总是停在离伍小姐公司还有一条马路的路口，原来伍小姐一直以为停在这个路口是方便九先生掉头去自己的公司，后来才知道这是在避嫌。

伍小姐抿了抿嘴下车，"下周五去我那边吧，我做饭。"

"我订了一家餐厅。"九先生紧接着说，"你会喜欢的。"

"我学了很久的菜，想做给你吃，早点来，吃完早点回去。"伍小姐试图说服九先生，九先生怕扫兴，毕竟是她的生日，然后点了点头。伍小姐穿过熟悉的马路，径直停留在位于新天地的一座写字楼下，旁边是不能再熟悉的落地咖啡馆，第一次和九先生见面就是在这里，那天九先生穿着干净的麻质中山领白衬衫，搭配干净的板寸，让人觉得很禁欲，伍小姐甚至都不太敢大声说话，这样的人和他相处的时候好像就应该安安静静的，他的眼睛很深邃，好像永远有想不完的心事。伍小姐推开咖啡店的门，看到那张熟悉的脸，伍小姐有些激动地冲到点菜台，小艾是伍小姐的高中学妹，比她小两届，小艾高中的时候妈妈得了癌症去世了，花光了家里所有积蓄，她一毕业就出来打工了，伍小姐在这座大楼工作了两年半，小艾是那两年除了九先生以外最照顾自己的人，后来伍小姐离开了这个公司，小艾和自己的一个客人恋爱并且闪婚，她们渐渐的就联系少了。

小艾给伍小姐的印象是不管发生什么事情都元气满满，给人正能量，看到伍小姐小艾立刻走了过来。

"老样子吗？"小艾笑着说，伍小姐点了点头，离开这家公司以后她除了美式就再也没有喝过拿铁，小艾做的拿铁加的奶总是会比正常的拿铁的奶和咖啡比例少一些。

伍小姐点了点头，"对了，你弟弟的事情怎么样了？"伍小姐突然想起来那年生日前几天小艾的弟弟闹着要辍学，不想参加高考，小艾为了这件事苦恼了很久。小艾看了一眼伍小姐无奈地摇了摇头，然后转身开始做咖啡，伍小姐若有所思地在旁边看着忙碌的小艾。几分钟后，小艾笑着把咖啡递给伍小姐。

"小艾，你和你弟弟说，他如果能考上大学，费用我来出。"伍小姐低声和小艾说，小艾有些惊讶有些不知所措地看着伍小姐，然后一脸拒绝。

"不行，我有存款的，我弟弟就是怕我太辛苦，他太低估我了。"小艾说。伍小姐是很认真地说的，伍小姐的工资不算低，加上没有房租的压力，有一些存款，她思索着反正三个月后这笔钱也不是自己花了，未来的自己肯定有别的办法过下去，不如帮帮小艾。

"就当是借我的，你和你弟弟说等他毕业了再赚钱还我就行。"伍小姐看了一眼手表，"就这么说定了，我要迟到了，晚点和你聊。"伍小姐拿着咖啡急匆匆上了楼。

"伍安！"正要关电梯门的时候，传来一个怎么想都想不起来的熟悉的声音，伍小姐好奇地等着那个人脸出现。

"谢谢！"是林森，伍小姐的同事，第一个接触的 gay，她不禁想起来田骏，刚知道林森是 gay 的时候，伍小姐确实很惊讶，因为林森和印象中的 gay 确实不一样，他的声音很好听，是那种很适合在电台当主播的声音，梳着背头，五官很精致，不说话的时候像一幅画。伍小姐抿了抿嘴，笑了一下。

"你今天怎么这么晚？"伍小姐记得林森总是很早到公司，每次她到公司的时候，林森总是把当天要做的事情都整理出来了。

"昨晚喝多了。"林森回头看了一眼伍小姐，他的气色确实有点差，伍小姐笑了一下不再问。

伍小姐跟在林森的后面进的公司，和第一次跟着信回去上课的感觉一模一样，熟悉而陌生，紧张也兴奋。伍小姐的办公位置在林森的对面，伍小姐小心地坐下，打开电脑拿出笔记本，还好伍小姐有习惯前一晚会把第二天要做的工作列出来。

伍小姐环顾了一下四周，没有看到大 K，伍小姐舒了口气。大 K 是伍小姐的同事，是在她和九先生暧昧的这段时间里总公司调来的同事，追了伍小姐半年。伍小姐记不太清楚大 K 来的具体时间，只记得是她生日前后，如果他还没有来，那么伍小姐还有机会在他喜欢上自己之前避免所有和他接触的机会。

伍小姐其实对大 K 一直是抱有内疚的，在伍小姐和九先生最难的那段时间是大 K 陪自己过来的，大 K 虽然被伍小姐明确地拒绝过，但却一直愿意陪着伍小姐，后来伍小姐才发现自己对大 K 的角色定位其实就是一个备胎。

"伍安，林森，Jacky……你们部门等下开个会，有个总部来的新同事会负责跟进最新的项目，先彼此熟悉一下。"部门经理 Vincent 刚进公司还没进自己办公室就过来通知，伍小姐心里咯噔了一下，为何只能选择回到某个时段，却不能选择哪些人出现，哪些人不出现。没过多久，Vincent 一边接着电话一边往外走，应该是去接他，伍小姐抿了抿嘴，有些苦恼。

"大家放一下手头的工作，伍安，你把项目资料一起带进会议室。"Vincent 走向会议室，旁边站着一到夏天永远穿拖鞋上班的大 K。大 K 礼貌地和大家点了点头然后走向会议室，伍小姐慌乱地在办公桌上找着所谓的会议资料。伍小姐最后一个进的会议室，开门的时候有些尴尬，该死的会议室门一直有问题，开门的时候总是声音很响，所以一定会引起大家注意。

"这个是伍安，负责策划，之前做的几个案子反馈都不错，你应该看过。"Vincent 应该在介绍部门同事，伍小姐抿了抿嘴和大 K 笑了一下，立刻回避眼神坐到位子上。

"这次的项目是一个烂尾项目，之前找的别的公司做的，砸了很多钱，拖了好几个月，执行了一半，因为很多原因客户半路解约。我看了他们之前的方案，策划如果执行下来应该还不错，但客户觉得连他们想要的三分之一都没达到，所以这次压力挺大的。大 K 是总部策划最牛的人，这次调过来辅助这个项目……"Vincent 开会向来喜欢直接切入正题，没有铺垫，伍小姐有点分神没有听进 Vincent 的话，反正她也还记得当时大致的策划思路，最终这个项目完成得很好。

"伍安，你可以多和大 K 交流一下前几天的想法，给他一些灵感，

看看能不能优化一下，这周出三个不同方向的方案出来。"Vincent
的话打断了伍小姐的游离。

"哦，好。"伍小姐低头假装在记东西。

整个上午都是在会议室中度过的，伍小姐一直低着头假装看着资料
和大 K 交流。

我们总是以为现在的自己比过去的自己成熟很多，如果现在的自己
回到过去处理当时遇到的事情一定会做出最正确的选择，然而你必
须清楚的是，面对感情的时候，你永远比你想象中弱一点。

忽然发现自己，咬着牙走了很长的路

2/7

——

爱是我今夜醉过的酒和未说出的话，是我看着你侧颜发过的呆和你不动声色就能让我流下的泪。

有了想逃避的人以后，时间就会过得特别慢，今天的班对于伍小姐来说无比漫长，好不容易下班，伍小姐第一个撤离。伍小姐不确定九先生今天会不会来接自己，于是在楼下的咖啡店里坐着。以前伍小姐早下班就会这样，等在咖啡店里，如果八点九先生没有联系自己，伍小姐就会自己回家，伍小姐很少会主动联系九先生，一是因为怕打扰九先生的工作，二是九先生不会回信息，原先伍小姐以为九先生是真的不喜欢用手机，后来才知道是因为不方便。

伍小姐拿出手机，打开九先生的聊天界面，输入，"忙完了吗？"

伍小姐抿了抿嘴然后删除，再次输入，"我结束了，老地方等你。"伍小姐停顿发了一分钟，然后又删除，把手机放在桌上，看向窗外。

"在等男朋友吗？"小艾倒了杯水放在伍小姐的面前，伍小姐笑了笑。

"嗯，早上你说的事情我想了一天，还是谢谢你，但真的不用了。"小艾站在伍小姐面前，诚恳得有点让人心疼。

"小艾，不管你存款够不够，学费呢我出定了，这张卡里有大学两年的学费，你先放着，如果你自己的钱够用的话就把卡还我，记住，男孩子不能因为钱而在别人面前抬不起头。"伍小姐从包里拿出一张卡，里面有两万。小艾站在原地心里满是感激。伍小姐站起来轻轻抱住小艾，"姑娘家，不要太逞强，和一个信任你的女人开口示弱比向任何一个男人开口强。"

伍小姐说完，桌上的手机响了，一定是九先生，伍小姐转身拿起手机，小艾抹了抹眼角。

"喂？我在公司楼下。"伍小姐看着远处的转角，试图找到那辆熟悉的车，靠近伍姑娘这边的沿街有一个熟悉的身影靠着车抽烟，好像昨天才见过，伍小姐却一下子想不起是谁。电话那头九先生的声音拉回伍姑娘的回忆，"好的，我现在过来。"

"拿着，我还有事，明天见。"伍小姐把卡塞到小艾的手里，小艾有些不知所措地接过卡，"谢谢你，我会尽早还给你。"

伍小姐微笑着点了点头，然后迈着大步走向路口，本来想近距离看一下那个熟悉的身影，刚走出咖啡厅发现那个人已经进了车门，而林森进了副驾驶，车行驶离开。远处停的那辆车里等着自己的那个男人是自己想用力爱却又犹豫不已的人，可是人生能碰到几个自己觉得不顾一切都想要在一起的人呢？那些所谓的道德约束比起自己想要得到的幸福已经不再重要了。在离开九先生的这些年里，伍小姐见过太多为了自己的爱情做过夸张得不得了的事情，什么设套、挖墙脚的事情太多了，现在，那些姑娘过得个个比她幸福，女人嘛，总是爱情至上。

九先生的车里总是放着伍小姐喜欢的音乐，伍小姐总是听得很沉醉，总是幻想在家里放着那些歌，然后和九先生抱着跳舞在耳边说情话。九先生突然伸手轻轻抓住伍小姐，伍小姐回头看了一眼认真看路的九先生，然后不由得用力抓住这双大手。

两人就这样一言不语，直到车开到伍小姐家楼下，九先生放开了手，伍小姐的手失去了温暖。

"我买了些吃的，一起晚饭吧。"九先生说。伍小姐看了一眼后座再看旁边的九先生，以为自己听错了。"怎么了？"九先生回头看不说话的伍小姐。

"没事。"伍小姐低头抿了抿嘴，偷笑着。

伍小姐走在九先生的前面，伍小姐一边走一边在包里找着钥匙，钥匙是世界上最轻而易举能改变自己情绪而且不用说一句话的物件。快走到门口的时候，伍小姐依然没有在包里捞到钥匙，她抱歉地回头看着九先生，九先生从钱包的夹层里拿出一把钥匙开了门。有时候伍小姐想九先生的时候会故意假装忘记带钥匙，然后九先生会赶来帮她开门。

伍小姐进门后看到桌上的钥匙，舒了口气，回头看了一眼九先生，"我去热一下菜，你等会儿。"

"我帮你。"九先生卷起衬衫袖子然后走向厨房，伍小姐又忍不住低头笑了。

伍小姐熟练地把打包的菜转到盘子里，该放微波炉的放进微波炉，该在锅上热的放进锅里，九先生似乎帮不上什么忙，看着在厨房高效率的伍小姐，九先生有些意外。看到伍小姐终于闲下来，九先生从她的身后把她抱住。伍小姐突然想起多年前九先生跟自己回家的那天也是同样的拥抱，拥抱以后的事情是被他的一个电话给打断，伍小姐抿了抿嘴，

"可不可以答应我一件事？"伍小姐想了几秒转过头说。

"嗯？"九先生将伍小姐的身体转过来依旧抱着。

"等下不管谁打电话来，都不要接。"伍小姐清楚这是一个为难他的选择，九先生犹豫了几秒钟点了点头。

吃饭的时候九先生的手机响了一次，他确实没有接，吃完饭，伍小

姐快速地收拾完，然后和九先生一起坐在沙发里。

"你几点走？"伍小姐看了一眼九点半的钟回头问九先生，问完以后拼命在心里扇自己的耳光，怎么可以提任何关于时间的问题？

九先生从口袋拿出手机看了一眼，"不着急。"

"不如看个电影？我前几天逛 CD 店，买了些碟，你看有没有你没看过的。"伍小姐从抽屉柜拿出几张碟，伍小姐一直有买碟的习惯，即使在 2016 年的现在她去旅游的时候都会在当地的音像店买几张碟。九先生选了《亡命驾驶》，伍小姐当然记得他选了哪部片，伍小姐记得当时他们看完电影她靠着他很久，伍小姐说，希望也有一个人会这样不要命地爱自己，然后他捧起她的脸开始吻起来。

事情发展得和原先一模一样，九先生的手机声音却又打断了两个人的缠绵，九先生转身准备拿起电话，伍小姐拉回了九先生的手，抿了抿嘴看着九先生，九先生伸回手看着伍小姐然后抱紧她，在她耳边低声说："Sorry。"伍小姐当然知道九先生在抱歉什么，除了是真的在道歉，也包含了和伍小姐尝试商量的语气。伍小姐低头松开

手，九先生拿起电话走向阳台。看着九先生假装什么都没事的态度
和语气在阳台上打着电话，伍小姐有些难过，如果将来自己结婚了，
自己的男人在外面找到一个他爱她胜过于自己的女人，自己会怎么
选择？

九先生进门的声音让发呆的伍小姐回过神，"是不是要先走？"

"嗯。"九先生总是说得很少，有时候都看不出他的语气和心情。

九先生走后不多久，伍小姐收到了生日当天要和大 K 去北京一起出
差的邮件，伍小姐发了一条信息给九先生，九先生一整晚没有回复。
第二天醒来的时候，手机没有一条信息，五姑娘很失落，如果九先
生是完完整整的属于自己该有多好，直到中午九先生才回复了信息，
"出差的事情如果真的不能协调就不要为难自己，回来帮你补过生
日，连续过一周。"九先生的回复伍小姐读了十几遍，伍小姐忍不
住笑了出来，对面的林森在桌下踢了几次脚，然后一脸八卦地笑。

伍小姐和大 K 提前一天出发去北京，出发那天，下着暴雨，伍小姐
拖着行李箱打的等了半个多小时没有打到，她开始担心自己会迟到，

算了一下时间后，确实有些赶。伍小姐开始感谢 2016 年的现在有了各种打车软件，而现在就算你愿意出十倍的打车费用，你都没有办法叫到车。伍小姐躲进街角的公交车站下，拿出手机拨通了九先生的电话，伍小姐家和九先生的公司很近，在这个城市里，这种时候只能想起他，伍小姐抿了抿嘴，期待他会接电话，然而没有。

伍小姐吸了口长气，突然有些不想去出差了，反正不是 2016 年现实生活中的工作，何必要那么认真呢？

"伍安！"好像有人在远处叫了好几声自己的名字，伍小姐立刻低下头假装没有听到，想起多年前的今天是大 K 接的自己。看了一眼红灯还有四十秒的时间，伍小姐立刻拿起行李箱撑起伞走开，没走两步，手被人拉住。

"伍安，是我。"大 K 没有撑伞，他真的以为伍小姐没有听到。

"啊……是你。"伍小姐抿了抿嘴，看到淋湿的大 K 然后把伞往他那边推了推。

"赶紧上车，红灯马上过了。"大 K 接过伍小姐的行李箱，一手拉住伍小姐快速往前走，伍小姐没有反应过来。

"师傅，有纸巾吗？"大 K 看到一半身体也淋湿的伍小姐问道。

"给！"师傅递过抽纸，大 K 接过然后抽了几张递给伍小姐。

"不好意思，雨下太大了，我没有听到你叫我。"关于大 K，总是有数不完的内疚感，如果知道最后还是会上车，她就不会假装没有听到了，伍小姐开始担心是不是最后大 K 还是会喜欢上自己。

"没事，我反正喜欢淋雨。"大 K 一边擦着脸一边说，他没有撒谎，他说过他喜欢淋雨，小时候上学时，一到下雨天就和小伙伴去淋雨，他也不管什么天气从来不带伞，除了追伍小姐的那个时候，大概是因为一直淋雨有了免疫，所以他不太容易生病。"Vincent 说让我好好照顾你，我以为开玩笑说的，没想到你是真的挺需要人照顾，你怎么老是心不在焉的？"

"我，今天是个意外，雨声太大了？"伍小姐有点尴尬地笑了一下。

"你是不是有数不完的心事？"大 K 说，伍小姐意识到自己回来后确实不像几年前总是加班和同事混在一起，而是喜欢一个人独处。

"其实没有，只是最近正好有点事情。"伍小姐找了个借口想打消大 K 对自己的兴趣。

"需要帮忙吗？"大 K 问。

"不用，家里的事情，很快就解决了，谢谢。"伍小姐的手机在包里震动，她拿起手机看到九先生的来电显示，然后抿了抿嘴，摁掉了来电，发了条信息给九先生。

"没事了，我在去北京的路上，晚些联系。"

"好。"九先生很快回了信息。

因为暴雨，飞机延误了两个小时，伍小姐闭着眼睛坐在一边听歌，她想尽量回避和大 K 的接触，大 K 坐在伍小姐的旁边，翻着明天要沟通的方案，转头看着若有所思假装睡觉的伍小姐，然后起身。回来的时候，手里多了两份简餐和咖啡。

大 K 把吃的放在伍小姐隔壁空位上，然后坐下，没有叫醒她，在大 K 的印象里，伍小姐是一个不喜欢说话的人。伍小姐感觉到大 K 的离开和回来，也闻到了咖啡香，悄悄地睁了睁眼，看到大 K 正看着自己静静地喝咖啡，伍小姐假装刚醒过来。

"醒了？喝点咖啡缓一下，马上登机了。"大 K 递过咖啡，伍小姐接过，"谢谢。"伍小姐喝了口咖啡问道，"方案怎么样？你觉得没问题吗？"
"很 OK 啊，我已经看了第三遍了，你比我想象中更适合做这个行业。"大 K 说话的同时，广播里通知开始登机，乘客们陆陆续续地排成了一条长队，伍小姐和大 K 没有起身，伍小姐总是习惯等人登得差不多了然后不紧不慢地排队，不管什么样的急性子总有几件事情会特别慢。

到北京的时候已经黄昏了，北京没有下雨，空气也没有 2016 年的糟糕，伍小姐很庆幸居然还有机会能感受这样的北京。入住宾馆后，伍小姐和大 K 分别回房里休息，他们约了一小时后去楼下吃饭。

伍小姐拿出手机发了一条消息给九先生："已入住酒店，一切安好。伍小姐"。想再发一些可以进行下一句对话的内容，可是如果对方真的想和你聊天，哪在乎你上一句说的什么，他总能有千万个话题可以和你聊。

"好，照顾好自己，提前祝你生日快乐，念你。"九先生回得很快，总是回消息很慢甚至不回的九先生让伍小姐觉得有点开心，好像即使不陪自己过生日也没那么遗憾了。不管什么年龄段的女人都会相信对方回你消息越快就是越在乎你，只是成熟一些的女人不会觉得对方回你消息慢就和你计较。

伍小姐躺在沙发上不小心睡着了，伍小姐是被大 K 的敲门声惊醒的，每次惊醒伍姑娘都会下意识地看一下周围环境确定一下自己在哪里。"我是不是吵醒你了？"大 K 问。

"不好意思，你是不是敲了很久的门？"伍小姐有些尴尬，大 K 一定觉得自己听力有问题吧。

奇 怪 的 伍 小 姐

1　　2　　1

"没有，我才敲了一下，你就来开门了，就是你眼睛有些红，最近没休息好吗？"大K微笑着说，"我没经过你同意订了个餐厅，介意吗？"

"当然不，我最怕别人问我想吃什么、去哪里吃这种问题。"伍小姐回头转进房整理了一下自己的头发和衣服，拿起包，大K在门口等着。

大K订的是一家米其林四星餐厅，在伍小姐的印象里想不起来大K带她去过这家餐厅，大K会带她去一些人很少但东西特别好吃的饭馆，他们都喜欢安静，所以今天这一出让她有些惊讶。

伍小姐静静地吃着饭，不知道如何提问，怕是自己想太多，心想着快点吃完饭然后离开。

伍小姐拿起餐布擦了擦嘴角，意思是吃饱了，这个时候大K看了一眼旁边的服务员，伍小姐没有看到，过了一会儿，从餐厅送菜的过道里有位服务员手里捧着蛋糕，旁边还有人拿着一束花，餐厅里其他人一起唱着生日快乐歌，伍小姐看到大家慢慢地向自己聚拢，抿了抿嘴，然后看了一眼大 K，大 K 笑了一下，"部门其他人说你明天生日，本来说要换个人和我出差，Vincent 怕出状况，所以你的生日只能和我过了。"

说不感动是假的，记忆里，没有人这么认真地为自己过过生日，即使是自己的父母，也最多是买一个蛋糕，但都是提前商量好的，别提会有什么惊喜了，大 K 真的是让自己烦恼的人，总有些人对自己如此好却怎么也动不了情。这个时候大 K 再多说一句话伍小姐就能哭出来，伍小姐别过头看着面前的蛋糕。

"伍小姐，生日快乐！"拿着蛋糕的服务员笑得比伍小姐本人还开心。"谢谢！"伍小姐起身吹灭了蜡烛，闭上眼睛许了个愿，希望大 K 一定要幸福。

回到酒店的时候已经半夜十一点多了，伍小姐其实是快乐的，回去的路上一直在酝酿如何谢谢大 K 的安排，但是好像怎么说都有些矫情，最后在房间门口道别的时候只说了"谢谢"两个字。

"没事，明天好好表现。"大 K 说，然后转身回了自己房间。伍小姐刷房卡，低头想着九先生现在在做什么，门打开的瞬间她发现自己的房间里布满了蜡烛，伍小姐立刻退了一步，以为自己走错了房间，看了一眼房间号，没有错，转念一想，该不会是大 K 的生日惊喜还没结束吧。伍小姐再次推开房门，开了灯，慢慢地走向卧室，卧室的地上布满了玫瑰，床上有一个玫瑰花瓣拼的爱心，里面还有彩色玫瑰花瓣拼的自己的名字，虽然有些老土，但伍小姐还是觉得幸福不已。这时候，门被敲响了，伍小姐抿了抿嘴，其实不知道如何面对大 K 的，大 K 的用心让伍小姐更加内疚，伍小姐站在门口犹豫了几秒钟，然后打开门，门外站的竟然是穿着西装推着餐车的九先生，伍小姐愣在原地整整一分钟，九先生轻轻地将餐车往前推了一步，伍小姐才回过神冲到了九先生的怀抱里，九先生抱紧伍小姐。

"生日快乐！"九先生在伍小姐的耳边轻声说着。

"你怎么会来？"伍小姐问，离开怀抱，然后九先生推着餐车进了房。

"虽然你一副无所谓我陪不陪你过生日的态度，但如果真的那么做了，你一定会有怨念。"九先生认真地说，今天发生的惊喜在过去都没有发生过，时间真是奇妙，在不同的情绪下会安排不同的事情让你经历。

"你……"伍小姐抿了抿嘴，还是开口问，"不用陪家人吗？我是说你父母。"伍小姐刻意强调。

"这对你来说，重要吗？"九先生问，然后打开了香槟。

"不重要。"她有些后悔自己的蠢问题。

"伍安，生日快乐，有什么愿望吗？"九先生递了一杯香槟，然后点燃餐车上蛋糕的蜡烛。

"嗯，我想想。"伍小姐试图想说一些暗示九先生和自己坦诚交流的台词。

"那不如你先拆礼物。"九先生看了一眼餐车上另外一个盖住的餐盘说。伍小姐起身站到九先生身旁，看了一眼九先生，然后慢慢打开餐盘盖，里面躺着一个黑色包装的盒子，看起来像是首饰，伍小姐打开盒子，里面躺着一条项链，吊坠是一个很特别的长方形，长方形的右下角是很小很精致的钻石拼的 w，伍小姐的姓氏的缩写，她抬头看着九先生。

"这是一个小芯片，配有特制的读卡器，里面是一段我想送给你的话。"九先生拿起项链，准备给伍小姐戴上，九先生撩起伍小姐的长发，然后把项链给伍小姐戴上，从后面抱住她，"以后每天把我的声音戴在身上。"

"这算不算你不太和我说情话的补偿？"伍小姐笑着问。

"你想听什么？我今晚都说给你听。"九先生慢慢地从伍小姐的头发一路向下亲，亲到伍小姐的耳垂，然后说。伍小姐深吸了口气，原先想说的话全都忘了。

如果说九先生一直会这样对自己，其实真的在不在一起又有什么所谓。我们的爱情路上，总是会有那么一个人让你愿意不去计较最后的结果，因为你比任何人都清楚，一旦你太计较，什么话都如你所愿说清楚了，也意味着可能什么都结束了。

人人都爱白雪公主，可我却偏偏喜欢巫婆

3 / 7

—

不要轻易给别人贴上特殊标签，那些人比你更敏感，比你更会设身处地地为爱人着想；渴望被人理解的人通常在心里已经理解过别人几千几万次。

北京行的第二天很顺利，总部对最终方案非常满意，第二天一早伍小姐还没醒九先生就离开了，醒来的时候只有满床的他的香水味。伍小姐和大 K 又逗留了一天才回的上海，早就知道方案会通过的伍小姐恨不得和九先生一起回去。

生日过后，伍小姐有一整周都没有见到九先生，这一周伍小姐每天等在咖啡馆到八点，每次等九先生又不敢打电话给他的时候，伍小姐就特别希望把所有事情都说清楚。周五下午伍小姐和林森去见了

个新客户，结束后伍小姐看了下手机，还有一个小时到下班时间，依旧没有九先生的短信。

"去喝一杯？"林森从伍小姐的身后走上前。

"走啊。"确实需要喝酒消消愁。

客户的公司在衡山路附近，衡山路上错落散布着几家可以喝酒的静吧，加上天色还早，几乎都没有人。

"最近吵架了？"林森点完酒看着伍小姐，前段时间她总是莫名地低头偷笑，这段时间明显没有了。

"什么？"伍小姐又看了一眼手机，是条垃圾短信，她不耐烦地把手机背扣在桌上。她没有和林森聊过感情的问题，所以对他的提问有些惊讶。"没有，最近他有些忙而已。"伍小姐抿了抿嘴。

"他很久没来接你了。"林森拿出烟，"之前好像很少那么久不来接你了，以为你们吵架了。"

"嗯？你怎么知道？"伍小姐拿过林森放回桌上的烟盒，林森顺势看了她一眼，然后微笑。

"他每次来接你，车停在咖啡馆前面那条路，好几次都看到你进了他的车，在斜对面的街角。"林森大概是想到了嘴里的他，笑了。

伍小姐想起那天晚上看到林森进了那个熟悉身影的人的车，突然脑中闪过田骏的脸，一想绝对不会有那么巧的事，轻轻摇了摇头，试图打消刚成立的这个人物关系。

"没事吗？"伍小姐一直没有回话，林森问道。

"没事，想到了别的事。我和他有一点儿特殊，所以……不知道该怎么说。"服务员正好走来，把两个人点的酒端过来。

"比我还特殊？"林森拿起酒调侃着说。

伍小姐笑了一下，"你们起码能正常地约会见面，我不能，你说谁特殊？"

"他已婚了？"林森的敏感和细心让伍小姐一下子乱了分寸，不知道是该承认还是否认，她抬头看着林森，"很明显吗？"

"不明显，我瞎猜的。"林森说，"但我知道，你和我一样，不喜欢'正常'的人。"

"哈哈哈哈哈，你这个梗……"伍小姐的手机又响了一下，她没有拿起手机，"但好像是的，我喜欢过的人都挺特别的，至少在我眼里是的。"

两人就这样坐了一个小时，直到林森的电话响起。

"我还在前面发给你的地方。"林森说，应该是那个人，"好。"简单说了两句林森就挂了电话，"我等下要先走了，你去哪里，送你吧。"

"不用，我家离这儿不远，我正好去前面超市买点东西。"伍小姐顺手拿起手机，看到九先生说来接她下班的消息。

"他也来消息了。"伍小姐抬头笑着说。

二十分钟后，林森的电话再次响起，他们收拾完东西一起走向路口，还是那辆黑色的跑车，坐在车里的人的侧颜依旧熟悉，越近越清晰，和脑海中的脸越来越能重合到一起。伍小姐抿了抿嘴，车里的男人摇下车窗，转过头，真的是他，看到伍小姐的时候田骏的表情是她想象中的惊讶，伍小姐立刻微笑，试图让这次见面变得不尴尬，田骏灭了火，走下车。

"Hi，好久不见。"伍小姐看到走向自己的田骏，林森回过头看向自己。

"你们认识？"林森又看了一眼尴尬地摸着头的田骏。

"大学同学。"田骏说。

真正的巧合是你前一秒还在否定自己认为的那件事，下一秒时间就帮你证明了你刚否决的就是事实，是一种无法用语言来形容的遇见。

伍小姐打了辆车回到了公司楼下的咖啡馆，没多久，九先生就来接她了，经过下午的聊天，伍小姐更加确信了要勇敢去爱的念头。两人吃过晚饭后，九先生照例送伍小姐回家。再次回到过去后，好像所有以前发生的事情都打乱了，伍小姐根本猜不到会发生什么，遇见什么人。

"伍安，我帮你换了一个住的地方，离你现在上班的地方很近，步行只要五分钟。"九先生一边开车一边说，伍小姐虽然惊讶，也明白肯定是九先生不得已的做法。

"那以后你是不是不会送我上班和下班了？"伍小姐关心的是他们见面的频率，至于住哪里伍小姐不在乎，九先生一般做好决定的事情伍小姐都不会拒绝。

"除了住处，其他都不变，如果有空依旧会一起吃早饭和晚饭。"九先生伸手摸了摸伍小姐，这一摸有些心虚，但算是九先生最有力的安慰和抱歉。也许九先生之所以会选择伍小姐正是因为她的懂事和从不过问。"我帮你联系了搬家公司，电话等下发给你，你哪天空就联系他们，我最近有点忙，可能没办法去帮你。"

可是有时候过度的完美安排让伍小姐觉得有些难过，好像自己没有权利去吵架。

第二天是周六，伍小姐一早就收拾好了行李，周日那天伍小姐拨通了搬家公司的电话，新公寓比之前住的地段好很多，设施也更好，空间也更大，所以，伍小姐没什么好埋怨的，关于为什么突然要换住的地方，伍小姐就算有再多的疑问也无从去问。收拾完家里，伍小姐拍了一张照，发了一条信息给九先生，九先生回复了一个笑脸表情，回复说周一早上会接她一起早饭，伍小姐躺在新家的沙发上，开始好奇以前那个房子之后会怎么处理。

想了一会儿，伍小姐觉得肚子饿了，一天没有吃东西，伍小姐本能地打开手机想叫外卖，突然发现外卖软件还没发明，然后不得不起身下楼觅食。

伍小姐在小区门口一家面馆打包了一份牛肉面，然后走回小区。

"伍安？"刚走进小区，身后传来好像是大K的声音，伍小姐以为自己听错了，没有回头。大K快步走到伍小姐身边，"你好像总是不愿意等别人。"大K走到伍小姐身边，伍小姐吓了一跳，手里的面掉在了地上。

"真的是你？我以为我听错了。"伍小姐没有撒谎，确实以为自己听错了。

"你怎么在这里？"大K看了一眼撒了一地的汤，"看来我要赔你的晚饭了。"

"我今天刚搬来，你不会住这儿吧？"伍小姐心想着这剧情怎么完全不一样了。

"嗯，公司给我租的地方，因为离公司近。"大K捡起掉在地上的外卖袋子扔进垃圾桶，"带你去吃附近最好吃的面馆。"

"啊？也好，那谢谢你了。"伍小姐确实很饿，不想拒绝吃晚饭的邀请。"那以后可以一起上班了。"大K说。

"啊，我男朋友每天都会接我……"伍小姐不想隐瞒，因为总有一天会撞到。

"你有男朋友了？看不出来。"大 K 的语气有点惊讶和失落，"不过，替你高兴，因为你需要人照顾，但……"

"嗯？"伍小姐没有多想。

"但应该对你不好吧，否则为何你看起来总是有心事？"大 K 看了一眼伍小姐的反应。

"他对我挺好的，只是……"伍小姐意识到不能说太多，大 K 太聪明。

"你觉得幸福就好。"大 K 说完也到了面馆。

也不知道是饿了，还是面确实美味，伍小姐喝得汤底不剩，回到家后伍小姐快速洗了澡倒头就睡了，很久没那么累过了。第二天伍小姐自然醒，化了个精致的妆在家等着九先生。从来不迟到的九先生今天晚了，伍小姐在纠结要不要打电话问一下的时候，九先生来了一条无法赶来的短信，伍小姐担心九先生是不是出事，忍不住还是打了个电话过去，电话是一个女人接的，伍小姐记得那个声音，温柔而冷静。

"经理，早上的会议需要帮你取消吗？"伍小姐觉得不说话挺可疑的，于是扯了一句没有把握的话。

"你好，我是他太太，他马上出门，如果会议在十点以后那不需要取消。"对方回答得很认真，伍小姐舒了口气。

"好的，那我安排一下。"伍小姐挂掉电话有些兴奋有些失落，还有些替九先生担心，因为这一个电话他必须要解释，但其实伍小姐不需要解释，她需要的是九先生的选择。

中午的时候伍小姐接到了电话，按照常理，九先生不会在白天上班时间打电话给自己，所以九先生还是很在乎自己的，伍小姐心想。

"我在楼下咖啡店，你下来吧。"九先生说得不容人拒绝。

"好，五分钟。"不管九先生说什么伍小姐都不会逼问。下楼的时候小艾正在为九先生点餐，伍小姐抿了抿嘴，然后走上前，小艾看到伍小姐走过来，笑了一下，然后继续看着九先生，小艾没有想到他们是一起的。

"我老样子，加一个可颂。"伍小姐坐在九先生对面，然后假装没事一样。

"好。"小艾一副"这原来是你男朋友啊"的笑意。点完餐，小艾转身走开。

"早上不好意思。"九先生先开口。

"没事啊，反正我离公司那么近，怎么都不会迟到。"伍小姐一副轻松的样子，九先生没有再说话。

"你没有想问的吗？"九先生觉得伍小姐应该知道些什么，可是她总是刻意避开话题。

"嗯，她……我说早上接电话的那个人……"伍小姐心想正常情况下，自己男人的电话被另外一个女人接到一定会问一下，如果什么都不问，反而显得自己很不正常。

"是我太太。"九先生有些出奇的冷静。伍小姐被这个答案吓到了，虽然是自己知道的答案，可是伍小姐一直以为九先生会永远瞒着自己，而且自己会从别人的嘴里知道这件事情，现在是九先生自己开口说的，是不是意味着他准备摊牌了，然后就结束了。伍小姐抿了抿嘴，没有回答。

"你好，你们的咖啡。"小艾送上了两杯咖啡，伍小姐有些紧张，端起咖啡喝了一口，被烫到，想立刻放下杯子，又不小心没放稳，咖啡撒了，伍小姐有些手足无措，认识九先生到现在，她任何事情都小心翼翼，总是怕自己出错，不管以前还是现在，就算再委屈都不会在九先生面前大声呵斥，今天这样的反应九先生一定很失望吧，没想到告别搞得如此狼狈。

九先生起身快速拉开伍小姐，但还是晚了，咖啡撒到了身上，伍小姐本能地甩开了九先生的手。九先生站在原地有些尴尬，小艾在旁边清理着残局，回头准备换一块毛巾，看到伍小姐有些哭意的表情吓了一跳。

"没事吧，需要帮忙吗？"小艾轻声问道。

"没事，咖啡太烫了。"伍小姐哽咽地说。九先生抱歉地看着伍小姐，伍小姐意识到自己的反应让大家变得尴尬，然后挤出笑容说："不好意思，咖啡真的有点烫，你赶时间吗？要换个地方吗？"

"好。"九先生放了两张纸币在桌上，然后试探性地拉起伍小姐，伍小姐没有挣脱。

一路走到了附近的停车库，两人一言不发地坐在车里。

"我不知道以什么方式告诉你会比较好。"九先生说。

"嗯，所以你打算要和我分开吗？"伍小姐抿了抿嘴，紧张地等着答案。

"我们之间的关系取决于你。"九先生的回答让伍小姐惊讶，一下子话语权到了她这边，如果自己选择继续，那么自己就成了名副其实的小三，不容解释也不会有人理解的小三，可是，伍小姐不想选择分开。

"双方父母看着我们一起长大的，从成年那天起，我们两个都清楚，我们没有别的选择，她和别的富家小姐不一样，不闹事，对我也没有要求，不会干预我的工作，以前，我不觉得爱情有多重要，所以我一直以为她是最好的选择。"九先生打开窗户，拿起一支烟，九先生是不抽烟的，至少在伍小姐面前从来没有抽过烟，伍小姐也从烟盒里取出一支烟。

"如果我说我希望什么都不变，你会不会觉得……"伍小姐抽了一口烟，"有点贱。"伍小姐说到"贱"字的时候无奈地笑了一下。

"如果你不觉得我自私，那你永远是我见过最好的姑娘。好到我不太敢用力去对你好。你大概不知道，每次想关心你的时候，我都很内疚，我觉得我所有对你的好都是对你另一种方式的伤害。"九先生说。

"那会不会，有一天你可能会和她分开？"伍小姐试探性地问。

"你希望会吗？"九先生反问。

伍小姐抿了抿嘴，九先生的意思是他没有想过。伍小姐别过头安静地抽着烟，放空着，本应该思绪紊乱可是她却脑袋一片空白，九先生突然转过身费力地抱住伍小姐。

伍小姐扔掉烟头，手慢慢也搂住九先生，感受到伍小姐的回应，九先生抱得用力了一些，伍小姐忍不住湿了眼睛。九先生大概感觉到伍小姐的抽泣，轻轻放开伍小姐，然后低头吻掉了她滑落的泪。

如果你够贱，那你就能维持任何一段感情。

白昼解开的结，黑夜慢慢来袭

4 / 7

——

安慰别人的话，对自己好像从来都没有用。

那天以后，伍小姐和九先生每次见面都有些拘谨，好像一说错话就会让对方想到敏感的话题，伍小姐想着如果能再来一次就好了，或者如果再次选择的话绝对不会回到 2010 年了。

"没事吧，最近你开始抽烟了。"大 K 进吸烟室的时候正好看到了发呆的伍小姐。

"没事。"伍小姐笑了一下。

"家里的事情还没解决吗？"大 K 点燃烟。

"解决了，谢谢。"大 K 总是给人安稳，如果没有九先生的话，大 K 是个很好的恋人，或者说自己是不是选择错了这个时间的对象，那个人应该是大 K。

"那你的感情一定出现了问题。"大 K 看着伍小姐。

"嗯，有点小问题，但是没人能帮我。"伍小姐说。

"嗯，如果要喝酒什么的记得叫上我，这个项目快结束了，估计以后见面的机会也会少。"大 K 的语气有些不舍，伍小姐抬头看着大 K，如今发生的事情和以前差太多，也许大 K 根本没喜欢上自己，也或许大 K 回北京以后不会再想念自己。

"你什么时候走？"伍小姐问。

"再过半个月吧。"大 K 想了一下说。

"嗯，走之前请你吃顿饭。"伍小姐真诚地说。

"你会不会做饭？"大K的问题让伍小姐有些为难，可是大K确实是很照顾自己的，如果做顿饭给他作为感谢，应该也不算过分，伍小姐抿了抿嘴。

"哈哈哈，我随便问问的，你看你紧张的表情好像做了什么对不起你男朋友的事情。傻瓜。"大K掐灭了烟头，"你选一家你觉得好吃的。"

伍小姐看着大K总不让自己为难，想到九先生不做任何事情都让自己处在最为难的位置，没有对比就没有伤害。

伍小姐掐了烟头，口袋里的手机响起，是九先生，大K看着伍小姐的表情，然后微笑表示"你接吧，我先走"，然后他离开了吸烟室，伍小姐接起电话。

"是我，下周我出差，是跟进上次和你们公司合作的项目，最后收尾，需要你们公司一位代表参与，你愿意的话，我安排一下。"九先生说，伍小姐沉默了几秒。

"为难的话，我……"

"不，不为难，我想去。"伍小姐打断九先生的话。

伍小姐没有料到她和九先生的关系会变得这么尴尬，谁都没有想到捅破事实比装什么都不知道更自然，突然觉得，有些男人瞒着自己婚姻状况和别人恋爱竟然是一种保护。

下午的时候，伍小姐收到了去广州出差的邮件，伍小姐有些心乱。在出差前九先生没有来找过自己，伍小姐很想念九先生，可是在说清楚了以后，伍小姐反倒没有理由找他了，因为她现在不能再假装无知了。

这天伍小姐很想喝酒，虽然酒量差，但最近醒着的时候却总觉得自己是在醉酒的状态，没有醉酒就没有清醒，不如真的醉一次，也许心情会释然一些。于是一下班她就出发去了2016年常去的静吧，一到目的地才发现，这家酒吧还不存在，如今只是一家卖红木家具的家具店，老板是一个很有气质的中年男子，他的老婆正在轻轻地擦拭着每一样家具，老板坐着正在泡茶，老板娘偶尔会回头说几句话，然后开心地笑着，看得出他们很幸福，做着自己喜欢的事情，他们也许没有想过几年后或许马上这家店就不存在了，当然，也有可能是做得更好了，换了更大的店面。伍小姐站了一会儿，老板娘看到站在门口的伍小姐微笑了一下，伍小姐点了点头，然后离开了，漫无目的地沿街走着。

直到走到路口，伍小姐才停下看了下周围有没有可以喝酒的地方，她努力地辨别着路对面那一排灯很亮的店里面是否有小酒吧，在过对面也在等红灯的人群时，突然看到了一个身影，伍小姐拼命地想着，这个场景一定发生过，熟悉得好像才经历过一样，她努力地找着那个熟悉的身影。

是信，所以确实是发生过，几年前，也是在一个夜晚，在过红绿灯的时候两人遇见，于是信请她去他开的酒吧喝了一杯，聊了一些往事，然后就没有然后了。

信好像也认出来是伍小姐，绿灯一变，两人都有些紧张但却又刻意假装自然地走到彼此面前，伍小姐微笑着，不知道之前重新经历的那些事情有没有改变如今的生活，伍小姐没有开口。

"Hi，要不要喝一杯？"信和伍小姐就这么停在马路中央。

"不了，我约了朋友。"伍小姐拒绝了信，绿灯还剩二十秒，两人依旧站在原地，却也不说话，信没有说和几年前街头偶遇时同样的话，伍小姐也没有再问，所以那次回去到底有没有改变什么，伍小姐至今也不知道。两人在旁边的车拼命摁喇叭的时候匆忙告了别然后走入人群。信回头看了一眼伍小姐依然倔强的背影，伸手摸摸了包里那张始终带在身上的 CD，里面录了一首歌，《5》。

这一场重逢依旧匆匆，却不能再让伍小姐心跳不已，那次回去也许是正确的选择，起码伍小姐再也不会有念想，心里少了个人，空间大一些，也就有机会容下另外一个人。

伍小姐突然觉得挺轻松的，迈着大步往前走，其实自己也可以不用过得那么累，再痛苦也不过一个多月的时间就结束了，不管是九先生，或是大 K，所有现在的人都不会给一个月后的自己造成困扰。伍小姐在便利店买了几罐啤酒打车回了家。

刚进家门，手机就收到了两条短信，一条是九先生的，一条是大 K 的，九先生说周一会来接她去机场一起飞广州，大 K 问她回家没，要不要一起吃饭。

伍小姐想了一下，回了大 K 说，在家喝酒，要不要一起，提前饯行，于是大 K 在十分钟后出现在伍小姐家。

大 K 拎着两打啤酒，伍小姐笑了笑，"今晚我们得干掉这么多。"

"哈哈哈，我要是喝多了就不回去了。"伍小姐抿了抿嘴没有说话。

伍小姐的酒量依旧很差，喝到第四罐的时候就开始胡言乱语，大 K 是北方人，酒量还算不错。

"我有个秘密，只和你说，但是你明天必须忘记。"伍小姐继续喝着。大 K 没有见过这样的伍小姐，却也一直想听她的故事。

"你猜我是谁？"本来满是期待的大K被这个问题问傻了，"你不是伍安嘛！"

"哈哈哈哈，我是伍安，可是我来自2016年！我们已经认识5年多啦！你以前还追过我呢！"伍小姐说，大K无奈地笑了笑。

"还有，我现在很难过，真的很难过，但是我不知道和谁说，我其实不想说，我觉得每个人都应该有秘密，可是我再不说，我觉得我会死掉。"伍小姐有些认真地说，认真的表情让大K怀疑她究竟是不是喝多了。

"我答应你，我听完就忘记。"大K说完，伍小姐盯着大K看了足足有半分钟，然后伍小姐喝完了手里的第四罐酒。

"我是个小三。"伍小姐刚说完，眼泪就掉了下来。伍小姐的表情没有变化，不是那种伤心也不是痛苦，如果没有眼泪，根本看不出伍小姐此时的心情，大K轻轻拍了拍伍小姐的背。

"如果他真的喜欢我，我可以不是这个身份的，可是他什么也没做，但是他给我感觉他会为了我离开他现在的妻子，你说他会吗？"伍小姐转过头看着大K，大K其实能猜到一点，按照伍小姐的状态，她嘴里说的男朋友和她的关系一定不是正常的男女朋友关系。

"如果你想要爱情，那么你就不能逼他为你做任何事，如果你想要名分，那么你就说出你的想法，他如果不愿意给你，那么你只能承认自己被骗了。"大K认真地说着。

"我想要爱情，但是我不想伤害他的妻子，她看起来不是个坏人，如果她坏一些，我还好过一些。"伍小姐说，然后试图打开第五瓶啤酒，大K拿过啤酒拉开环递给伍小姐。

"爱情里谁管你是不是好人，只管爱不爱，如果会因为那个人好跟他在一起，那你为什么不和我在一起？"大K点了一支烟，递给伍小姐。

伍小姐抿了抿嘴，没有回答，每个喝多的人其实脑子都清楚得很，知道自己说了什么听了什么，只是没办法控制自己不要说出来而已。

"如果哪天你发现你被骗了，来找我。"大 K 也不知道伍小姐第二天会不会记得今晚说的话，反正就当是喝多了，该说的都说了吧。

"谢谢你，谢谢以前的你，也谢谢现在的你。"伍小姐举起酒瓶，示意干杯。

伍小姐第二天醒来的时候，头很疼，家里很干净，丝毫没有宿醉的痕迹，酒瓶也不见了，自己合着衣服好好地在床上躺着，不知道是又做了一个真实的梦还是大 K 照顾的自己。伍小姐拿出手机，看到凌晨三点大 K 发的消息，"我已经忘记了你说的话，GN。"伍小姐有些感动，如果真的可以因为对方是个好人而爱他该多好。

如果再年轻几年，也许伍小姐会选择这样一个人，只是因为他对自己好而已，久而久之也会对他的付出形成依赖，也算是一种在一起的方式，可是但凡遇到过想爱的人就会明白，爱情和他对你好不好没有关系。

周末两天伍小姐都一个人在家度过，拒绝了大 K 的两次晚饭邀约。周一早上，伍小姐早早的就醒了，等着九先生来接她。伍小姐一直看着楼下，九先生到自己家楼下的时候大 K 也出门上班，两个人擦肩而过，九先生回头看了一眼大 K，然后停顿思考了几秒后拿出手机，伍小姐看着手机屏幕亮起，九先生的来电。

"我在楼下。"九先生说。伍小姐抿了抿嘴，"好，我现在下来。"

"你这两天没休息好？"九先生看着伍小姐有些憔悴的脸，问道。

"嗯，有一点失眠。"伍小姐低头回答，今天是九先生的司机送的他们，伍小姐有些不太想说话。

"吃早饭吧。"九先生和伍小姐一起坐在后排，九先生从前座拿来一袋早餐，伍小姐简单吃了一些后，眯着眼睛听歌。

因为机票是分开订的，所以两个人的位子没有安排在一起，伍小姐一上飞机就戴起了眼罩，在下飞机前伍小姐心想着一定要想出两全其美的办法。伍小姐听着歌，飞机还没起飞，就睡着了。九先生轻声地和伍小姐身边的乘客沟通着换位子的事情，然后又轻轻地坐下，看了一眼以极其不舒服的姿势睡着的伍小姐，等到飞机飞稳以后，九先生把伍小姐的头轻轻地靠在自己的肩上，虽然九先生的动作很温柔，但伍小姐还是醒了。伍小姐隔着眼罩睁开了眼睛，闻着九先生身上好闻的香水味，这是伍小姐在去年圣诞节的时候买给他的香水，伍小姐紧紧地闭上眼睛，害怕一放松眼泪就会掉下来。

后来伍小姐就再也没有睡着了，直到飞机降落的时候，伍小姐从九先生的肩头离开，九先生笑着摸了摸一脸抱歉的伍小姐。

酒店依旧是分开订的，两人的房间挨着，伍小姐走在九先生的后面，看九先生没有说话，拿出房卡准备刷自己那间房门的时候，伍小姐抿了抿嘴，自觉地进了自己的房间，刚要关门的时候，九先生突然推开了房门，然后把伍小姐压在墙上，堵住了她的嘴，然后粗暴地脱掉伍小姐的衣服，一路吻到了床上，伍小姐没有思考的时间。

在伍小姐的印象里，九先生很少会对自己那么粗鲁和急切，九先生总是很冷静很温柔，虽然他的做事风格有些大男子主义，但是亲热的时候九先生总是很温柔。伍小姐想着九先生这段时间其实也不比自己好过，对于他来说，不管做哪个选择都是一个未知的未来，也不管选择谁，都会背负坏男人的骂名。

可是谁又会知道在你以为和一个今生挚爱生活在一起后还会遇见一个让你怀疑到底什么样的人才算是"今生挚爱"。

敌 不 过 的 哪 里 是 逝 水 年 华

5 / 7

——

想和过去没有我的你说声你好，
想告诉你我就是你以后要找的人。

也许是因为两个人最近都没有休息好，也许是想暂时忘记那些道德
约束，两人一睡就是一整个下午，直到九先生的电话把两人吵醒。

"好，六点见。"九先生挂了电话，亲吻了伍小姐的头发，"我等
下约了张总，会和他简单对一下明天的流程，以及我们需要做的准备，
你在房间休息，等我回来一起吃饭，很快。"九先生一边说着一边
进了浴室。

十分钟后，九先生穿戴整齐，然后俯身亲了一下还在床上的伍小姐

就出门了，伍小姐放空了一会儿，然后也进了浴室洗了个澡。洗完澡伍小姐打开行李箱拿出一套换洗的衣服，然后又烧了一壶水泡了杯速溶咖啡，看到九先生的钱包躺在咖啡杯旁边，伍小姐抿了抿嘴，她曾经偶然瞄到过他钱包里的照片，照片里应该有两个身影，除了九先生，另外那个应该就是他的妻子。这么说来其实从一开始九先生都没有想过要刻意去假装自己是单身的身份，伍小姐拿起手机想分神不去想关于他们的事情，但最后伍小姐还是没忍住翻开了九先生的钱包。

她很漂亮，很有气质，光看照片真的挑不出让人讨厌的地方，伍小姐抿了抿嘴，合上钱包的那一瞬间，看到照片的边角有整齐的凸起痕迹，就好像是这张照片后面有别的小尺寸照片。伍小姐有些好奇，于是抽出照片，果然后面有一张反过来放的一寸照，照片很老，是个眉清目秀的小男孩，穿得很朴实，和富人家的小孩完全联想不到一起，但仔细一看，眉宇间和九先生非常像，这应该是九先生小时候的样子。伍小姐微笑着看了许久，然后把照片拿在手里用手机拍了张照片，看到喜欢的人小时候的样子总是觉得有些奇妙。伍小姐正打算把照片放回去的时候看到一寸照的背面有些模糊的字，仔细一看，上面一排是路名和门牌号，下面一排写着"阳光孤儿院"。

伍小姐陷入了沉思，有点不太敢往好像已经是事实的那方面去想，但这张照片又好像说明了一切，她深吸了口气，然后立刻把照片放好，合上钱包放到原位，伍小姐坐在床边看着外面的灯火阑珊，有些凌乱，怎会料到这一回来会知道那么多以前完全没有经历过的事情。九先生应该是被领养的，他的童年一定不美好，伍小姐有些心疼他，他一定比其他人更努力吧，一定比其他人更怕失去自己拥有的东西，所以逼他离开现在的妻子对他来说一定很困难。

半个小时后，九先生回来了，一进门就走向自己的钱包然后假装不经意地看了一眼照片放进了自己的裤袋，换作往常，九先生这么小的动作根本不会让人觉得奇怪，而现在，伍小姐能明显地感觉到九先生对于那张照片的在意。

"饿了吗？"九先生拧开一瓶水喝了一口。

"嗯，有点。"伍小姐也试图让自己看起来和平时一样，但其实伍小姐更希望九先生能和自己说他的过去。

"走吧，带你去一家馆子，你会喜欢。"九先生微笑着说，伍小姐给了一个笑容作为回应。

馆子是一对年轻夫妻开的，所有的食材都整齐摆放在门口，按照颜色区分放，远看是渐变色的，像是国外的蔬果超市，店面很小，一共六张桌子，整家店没有服务员，只有小夫妻两人，老公负责烧菜，老婆负责下单和端菜。老板娘长得很娇小可人，声音很细软，让人很舒服，舒服到就算上菜慢你也不忍心去催。

因为饭馆和酒店离得不是很远，所以吃完饭九先生和伍小姐打算步行回酒店，伍小姐走在九先生的斜后方，**偷瞄着九先生**，九先生总是让人猜不出他的心情，事实上似乎没有什么让他会柔软下来的事情，好像总是一副能解决所有事的表情。伍小姐突然闪出一个念头，帮九先生找回亲生父母，也许是因为自己的身世，所以才让九先生这样坚强吧，和他在一起那么久，尽管没有提过他的妻子，可他却连他的父母都没有提过，也许他的父母对他并没有那么好，否则怎么会让他娶一个不爱的却表面上看起来适合的女人？他的独立应该是不被关心所造成的吧。

后来的几天，两人表面上像正常情侣一样过着，伍小姐有晚趁着九先生洗澡再次翻出那张照片，将有些淡化的地址记了下来，九先生还有两周就生日了，伍小姐想着能在他生日前把这件事作为生日礼物送给他。

回到上海以后伍小姐搜索了那个位于北京的孤儿院地址，然后请了一周假，订了去北京的机票和酒店，出发前一晚大 K 来找自己吃晚饭，因为隔天大 K 也要回北京了，伍小姐想了很久，最后还是和大 K 坦白自己要去北京做的事情。

"回去以后我有几天假期，白天可以陪你一起，但是你确定要去找吗？你确定这是他想要的吗？"大 K 反问。

"我不知道，就算不是他想要的，我相信他的父母也想知道他的近况，我可以和他们的父母问个好，告诉他们他的儿子过得很好，我始终不相信他们会丢下那么可爱的小男孩。"伍小姐天真地说着。

"你想去做我会陪你，只是我觉得他如果想找一定早找到了，你确定这件事情有意义吗？万一对他来说是个负担，或者他们的父母是真的不想要他……"大 K 的话被伍小姐的眼神打断，"好，我陪你。我不问什么。"

"任何有血缘关系但却不联系的亲人都是有误会的。"伍小姐想到了自己的父亲，想到了他突然消失的那段时间的背后原因，下一次，她要选择回到那个时候，她想知道父亲离开的原因，她想给父亲一个解释的机会。

第二天，伍小姐和大 K 一起飞往北京，伍小姐放完行李后就去了那家孤儿院，不去还好，一去才发现所有事情都没有那么简单，原先的地址早已经变成商铺了。伍小姐问了很多人，甚至找出了商铺的管理员问孤儿院现在的地址，然而什么答案都没有。于是伍小姐更坚定了九先生没有找到自己亲生父母的想法。

去北京的前两天伍小姐一直在问，最后问傍晚出来乘凉的老爷爷才知道孤儿院搬去了三环，名字也改了，伍小姐很是兴奋。当天晚上就去了孤儿院，以前的孤儿院的孤儿很多都是因为家里负担不起，或者生了很多才抛弃，而现在的孤儿院的孤儿很多都是因为身体残疾或者智力低下才被丢弃，伍小姐去的当晚因为时间太晚，很多工作人员都下了班，留下的都是些年轻人，关于九先生没有一个人知道任何信息。

"如果明天什么都没有问到，你怎么办？"大 K 在送伍小姐回酒店的路上问她。

"能怎么办？就当什么都不知道吧，但是我相信会有一个好的结果。明天要是有结果，我们喝酒庆祝。"伍小姐突然兴奋起来，就好像明天一定会找到九先生的过去一样。

"当然。但我明天白天要上班，所以我没办法陪你，我安排我朋友陪你，一有消息给我电话，明天我带酒去找你。"伍小姐对于大 K 的陪伴很是感谢，就像自己很多年后再次遇到曾经喜欢的人一样，喜欢就是喜欢，和时间没有关系，那个人身上有的特质不管过多久依旧让自己迷恋。

这个晚上伍小姐失眠了，越是临近知道结果的时候越是开始担心结果会不会像起初大 K 的疑问那样糟糕，还有自己做的事情也许会让九先生感动，可是会不会是在逼他做选择。

第二天天还没亮，外面开始有车流声时，伍小姐就坐着公交车前往孤儿院，全然忘记了大 K 帮忙安排的朋友，见到有点上年纪的院长的时候，伍小姐竟然有些激动得说不出话，这个人是陪着九先生的童年的人，如果没有她，也许没有现在的九先生。

"你好，伍小姐，一早我就听说你昨晚大半夜来找我的事情了。"院长也有些激动，九先生应该从小就很讨人喜欢，"我很期待见你，见那么多年来第一个来找立仁的人。"

"立仁？是他的名字吗？"伍小姐问，然后拿出手机里那张照片，给院长看，想再次确认有没有找错。

"嗯，我对立仁这个孩子印象太深了，他聪明懂事，长得也好，我和你一样好奇他为什么会被遗弃。"院长的话让自己有些失望，似乎他也不知道九先生的故事，看到伍小姐的神情院长有些抱歉，"但是有段时间我确实接到过一些他妈妈的电话，但她没有来过。"院长的话让伍小姐又有所期待。

"那后来呢？"伍小姐问。

"其实在孤儿院经常会发生这种事情，自己的孩子被有钱人家认领了，多年以后知道孩子去向的家长会来问他们的情况，立仁的妈妈也是这样。"院长叹了口气，"她说她生病了，否则也不会联系他。但是我太了解立仁了，他不会帮她，这是他唯一的缺点，有些记仇。"

"我，其实能理解，很多孩子都会心里有恨吧。"伍小姐抿了抿嘴说。

"立仁不太爱主动和别人说话，有次有个孩子的亲生父母来领回那个孩子后，立仁突然和我说，如果哪天他的父母来找他，就说他已经……"院长看了一眼伍小姐，伍小姐认真地看着院长，"他说就说他已经死了。"

伍小姐深吸了口气，紧锁眉头，九先生的童年全是恨，让人心疼。

"立仁一直拒绝被领养，虽然喜欢他想领养他的人很多，一般孩子在七八岁以前就都被领养走了，因为再不走，年龄大了就很难会有人想领养，而立仁十三岁那年，我记得很清楚，是他生日的那天，

孤儿院都是这样的，一般不知道确切生日的都是以被送进来的那天
作为生日日期，突然说如果今天有人要领养我，我就跟他们走。"
院长吹了吹手里茶杯的热气，"领养他的那对老夫妻也很特别，他
们其实年纪不小了，得有四十多了吧，而且是有个女儿的，这种情
况也很少见，他们第一眼看到立仁就喜欢他，但我其实并不想立仁
去跟他们家，怕他们对他不好，毕竟他们已经有个孩子了。"伍小
姐从来不知道九先生还有一个妹妹。

"我知道的全告诉你了。"院长说。

伍小姐的眼神很复杂，有感谢院长的信任，也有更疑惑的心情，当
然此刻的她最想做的是给九先生一个拥抱，告诉他不管他做什么选
择，她都愿意陪着他，甚至回到 2016 年后，伍小姐想再去找到九先
生然后继续陪伴他。

"谢谢院长。"伍小姐不知道该说些什么。

"以立仁的性格，能让别人知道他的事情，那这个人一定对他很重要，
而且那么多年，没有一个人来问过他，他也没有联系过我们，其实

我一直很想知道他的现况。"院长说着。

"他很好，很优秀，事业和家庭都很好。"伍小姐抿了抿嘴，然后低下头。

"家庭？伍小姐应该是他的太太吧，这么努力去了解一个人的过去的姑娘一定也很爱这个人。"院长露出了笑容。

伍小姐抿了抿嘴，尴尬地笑了，反正他的妻子应该不会来问吧，自己就充当这个太太的角色吧。

离开孤儿院以后，伍小姐坐在公交车站足足一个小时，看着车来车往，看着带着孩子的父母来来往往，伍小姐哭了，每个人都很不容易，只是有些人会用他的不容易来换你的同情，而有些人会把不容易藏起来，这种藏更让人心疼。

伍小姐拿出手机，有十几个大K的未接来电，还有九先生的一条信息，伍小姐回复，"想你。"信息一发出，九先生打来了电话。

"今晚一起晚饭吗？"九先生问道，他不知道伍小姐现在在哪里，也不知道伍小姐可能是他的历任中唯一一个知道他过去的人。

"今天公司聚会，明天可以吗？"伍小姐第一次拒绝九先生的邀约。"好，明晚来接你。"九先生停顿了几秒，"我也很想你。"

伍小姐强忍着哭声，故作平静，"我可以知道你的真名吗？"伍小姐问道，九先生久久没有说话。

"不重要。"这是九先生的回复，这样的语气和回答换作以前，伍小姐也许会有些失落，然而现在她一点儿也不生气，只有满满的心疼。挂掉电话以后，伍小姐回拨了大 K 的电话。

"你在哪儿？我朋友说没有接到你，我打了你一天电话，你没事吧。"大 K 很着急地问。

"没事，我有点儿着急，就自己先去了，现在已经结束了。"伍小姐说着迎面来了一辆公交车，她想也没想就上去了，碰到有想不清楚的问题的时候就应该去一些计划以外的地方，遇见一些计划以外的人，听闻一些计划以外的故事，你会发现其实你的事也不算什么大事。

伍小姐就这样坐在一辆不知道终点的车到了终点，从挤满人的车厢到只剩下稀稀落落的几个人，到最后只有自己坐在最后一排，要不是售票员催着伍小姐下车，她可能会一直待着。

回到酒店的时候已经黄昏，伍小姐觉得有点饿了，今天一天没吃过东西，于是把宾馆里的泡面给吃了，不知道为什么，泡面这种随处可以买到的不健康食品却能在心情差的时候给人味觉上的安慰，这种安慰是山珍海味都给不了的。伍小姐吃完泡面躺在床上，摸着自己隐隐作痛的胃，不知不觉就睡着了。

大 K 一下班带着两打啤酒和外卖去找伍小姐，伍小姐被他的敲门声吵醒。

"Hi，如约而至，我来听故事的。"大 K 靠着门笑着说。

伍小姐笑了笑然后径直往房间走去，"我明天就回去了。"伍小姐坐下然后看着正在摆放外卖和啤酒的大 K 说。大 K 停了几秒，然后继续。

"嗯，我送你。"大 K 没有抬头。

"不用麻烦了，这两天谢谢你，下次有机会的话，希望我是以好的状态请你吃饭。"伍小姐接过大 K 递过的啤酒。

"对我来说，你最好的状态是你单身。"大 K 带着开玩笑的语气。

伍小姐低着头，抿了抿嘴，"我没有找到他的父母。"

大 K 盯着伍小姐，有些不敢说话，因为在这以前对于伍小姐来说是最糟糕的结果。

"但是我觉得也没必要了，就像你说的，他并不希望找到。"伍小姐说。

"那结果对你来说是好的吗？"大 K 问。

"不知道，也许吧，反正他做的选择应该都是好的。"伍小姐一口气喝完了手里的啤酒。

和上次一样，伍小姐很快就喝多了，只是今天她没有乱说话，大 K
把伍小姐抱上床，然后盖上被子，收拾完喝完的酒，轻轻地开门，
在门口停顿了几秒后，又轻轻地关上门，走到伍小姐的身边俯下身
亲吻了她的额头，然后离开了。

不是所有和对你有好感的人相处就叫暧昧，不是所有的亲吻都希望
会有下一步，大 K 对伍小姐的这种心知肚明的喜欢叫祝福。

借我一刻光阴，把你看得真切

6/7

———

一个人有多强大取决于他曾受过多大的伤，我以为我是那个能帮你舔伤口的人，却不小心成了揭开伤疤的人。

回到上海后，伍小姐回家放了行李洗了澡化了妆，快下班的时候假装去咖啡馆等九先生来接自己，伍小姐很久没有那么期待看到九先生，好像在刚开始发现自己喜欢上九先生的时候的状态。在等九先生的那十几分钟里，伍小姐解锁看时间大概有上百次，小艾送咖啡的时候暧昧地笑着，九小姐有些害羞地回应着小艾。

九先生的电话响起的时候，伍小姐立马向路口走去，上车后伍小姐尽量让自己看起来够自然地和九先生聊着，在等红灯的时候，看到一家四口，爸妈带着兄妹过马路，伍小姐偷看了一眼九先生，然后说，

"兄妹两人，真好。"伍小姐说完后见九先生没有回应，"你有没有想过如果有一个妹妹该多好？"伍小姐偷瞄着九先生，九先生没有回答，然后忽然转头看着自己，伍小姐有点心虚，假装笑着问："怎么了？"

"今天你有些奇怪，一直在偷看我，说话也有试探的成分。"九先生看着前方说，伍小姐抿了抿嘴，九先生很敏感，自以为足够自然的伍小姐低下头没有说话。

"你是不是有什么要问我的？"九先生过了一会儿又问。

"没有啊，我只是突然想起认识那么久，你都没怎么提过你家里的人。"伍小姐想着反正迟早会说这件事的，不如想办法暗示他自己说出来，伍小姐想快点表明她会一直陪着他，不会逼他做选择。

"他们都在国外，联系得比较少，所以没什么好提的。"九先生犹豫了几秒说。

"那你们家是不是就你一个小孩？"伍小姐的第一个问题得到回应

以后，又立刻问下一句。

"嗯。"九先生没有多想然后低声回了一句，这一句回答伍小姐感到疑惑，九先生对自己撒了谎，这个谎言让伍小姐明白，他在家里应该并不幸福，不幸福到他都不想承认有一个妹妹，可是为什么九先生都不愿意和自己说他的过去，如果像自己以为的他是爱自己更多一些的，他为什么不能和自己坦白。

"伍安。"九先生停完车然后回头看着伍小姐叫了一声她的名字，伍小姐看着九先生，"不要对我的家庭感兴趣，会伤害你。"

伍小姐有些疑惑地看着九先生，不明白九先生这句话的意思。九先生把手放在伍小姐的手上，然后握紧，"那些事情都不重要，也不美好，所以在一起的时候不要提。"

伍小姐抿了抿嘴，"嗯，好，我只是想了解你的所有事情，但你不想说我就不问了，不管怎样，我都在。"

九先生看着伍小姐然后抱住她，摸了摸她的背，在伍小姐的耳边说：

"谢谢。"这句"谢谢"除了感谢伍小姐的表白，也谢谢她不逼问自己。

"你生日那天会需要我陪你吗？"伍小姐一边走着一边小心翼翼地问九先生。

"嗯，我会接你下班。"九先生的语气好像不是他过生日，而是帮伍小姐安排好了生日一样。

"上次本来说我生日的时候去我那边做饭给你吃，后来因为出差错过了，那你生日来我那边吧。我最近在学做蛋糕，生日蛋糕我也包了。"伍小姐刚买了一些做蛋糕的器具，确实是为了亲手做蛋糕给九先生。

"傻瓜。"九先生笑了笑然后摸了摸伍小姐的头。

伍小姐一直在想九先生的生日该准备什么礼物，领带，钱包，衬衫，这些好像都不够，伍小姐突然发现在他们的爱情里，为这些浪漫而思考和准备的永远是九先生，九先生总是轻描淡写地去表达着自己用心编织的浪漫，那些关于早饭的故事，生日用心准备的一切，每次送给自己那些别有意义的礼物，而自己好像永远是在被动状态，没有为九先生策划过一场浪漫。

直到九先生的生日前一天，伍小姐都没有想好要送什么，下班后，伍小姐沿街逛着，不管怎样，还是买一样礼物回去，虽然可能他并不需要。一直逛了快三个小时，伍小姐一无所获，最终快要放弃准备去买领带的时候在转角处看到了一家老照相馆，就是还停留在小时候那种大红大绿的背景板的照相馆，那个时候伍小姐记得每年生日爸妈都会带自己去拍一张照片，他们的爸妈那个年代拍结婚照一般都是在这种照相馆里，然后放一些蓝天碧海，花花草草的背景板，还有全家福，好像那种颜色特别浓郁的假背景洗出来的照片有种难以名状的温馨感。然后冲洗要等上好几天，而现在数码打印普及后，照片洗得越来越快，失去了那种等待的满足感，伍小姐突然想着不如带九先生来拍一套照片，在那个环境下拍照，总有种仪式感，好像旁边的人一定是对自己格外有意义的那个人。

第二天，九先生一接到伍小姐，伍小姐就迫不及待地带着九先生去了照相馆。

"我请你拍套婚纱照。"伍小姐笑着说。

"什么意思？"九先生一边跟着伍小姐走一边问。

伍小姐抿了抿嘴，"你看，我们俩结婚的概率几乎是零，所以拍正经婚纱照的概率也为零，但是我想做你一天的新娘，几个小时也行。"伍小姐说着，然后进了照相馆。

"来啦。"照相馆的老爷爷看见昨天预约拍照的姑娘笑着说，"衣服你们自己选，等下换好叫我，我进来拍。"老爷爷走在前面，带着他们走到房间最里面的更衣室，男女更衣室分别在左右边，更衣室里面有一些老式的婚纱和西服，这些衣服的年纪都已经有好几十岁，但老爷爷保存得很好，衣服很干净整齐，虽然款式很老，但是都很经典。伍小姐穿了一件自己觉得最不奇怪的老婚纱，然后自己给自己戴上头纱，九先生穿着自己的衬衫，选了套白色的西服穿上。

"你好了吗？"伍小姐声音拔高了些问。"嗯。"九先生的声音离自己很近，他应该早换好了，已经在门外等自己了。伍小姐深呼了口气，开始紧张，就好像真的是要嫁给九先生一样。伍小姐轻轻打开门，然后慢慢走出来，九先生看着缓缓走来的伍小姐温柔地笑了，伍小姐竟脸红地低下头，九先生走近伍小姐，伸手揽过伍小姐亲了上去。

"我进来了？"老爷爷在门外问了一句。伍小姐推开九先生，然后整理了一下，"好。"

"先生往左边靠一点，太太坐直一些，好的，先生的手可以握住太太的手。"老爷爷一会儿看镜头一会儿用手来指挥着两人，看着九先生按照老爷爷的指挥调整着自己的位置，伍小姐笑了，莫名觉得他有些可爱，有些从来没有的紧张感，老爷爷在伍小姐笑的时候正好摁下了快门。

"好嘞！下周来取照片，我感觉哦，这张照片一定照得好！你们肯定喜欢。"老爷爷开心地说，九先生带着期待的语气说了谢谢。离开的时候，两人的手不自觉地牵到了一起，在伍小姐的印象里，两人从来没有在大街上牵过手。

回到家里后，伍小姐忙活了一个多小时，然后开始吃饭，九先生吃了两碗，伍小姐很开心，看着九先生吃饭的反应，好像是在看老师当面改自己的试卷一样的心情。

"你最喜欢吃哪个菜？"伍小姐像普通姑娘在恋爱一样问着自己男朋友的喜好。

"都喜欢。"九先生擦了擦嘴，笑着说。

"你等等。"伍小姐站起来关了灯，然后从厨房的冰箱里拿出昨晚做好的蛋糕一边唱着生日歌一边走出来，"生日快乐！"伍小姐看着九先生的反应，九先生也站了起来接过蛋糕放到桌上，笑着摸了摸伍小姐的脸，"谢谢。"

"快许愿。"伍小姐说。

九先生低头然后闭上眼睛，几秒后吹灭蜡烛，伍小姐看着闭上眼睛的九先生，抿了抿嘴，九先生直到现在都不知道自己究竟是哪天生日的吧，所以生日对于他来说其实并不是很美好的节日。

九先生尝了口蛋糕，"比想象中好吃。"

"是吗，我也尝尝。"伍小姐走上前，九先生拿起叉子喂了她一口，奶油沾在了伍小姐的嘴角，九先生低下头吻去奶油，然后再吻向伍小姐的唇。

九先生的手机突然响起，伍小姐退了一步，暗示他去接电话，九先生拿着手机看了一眼伍小姐，伍小姐转过身抿了抿嘴，九先生走到阳台讲了一分钟左右就进来了，其实不用想也知道，生日当天，这个点打电话给他的一定是他的妻子，伍小姐露出了她理解的笑容，九先生走到伍小姐的旁边。

"抱歉。"九先生说。

"没事，反正我准备的礼物你都收到了。"伍小姐走上前抱住九先生，紧紧地，伍小姐紧闭着眼睛，然后深吸了口气，"立仁，我会一直陪着你，你也不用和她分开。"伍小姐想要告诉九先生她全都知道了，所以她会比任何人都理解他，他可以在她面前说任何话，做任何事，随时可以离开去陪自己的妻子，她不会让他为难半分。

九先生听完伍小姐的话，然后意料之外地推开了伍小姐，还很用力，伍小姐抿了抿嘴，这确实会让九先生很惊讶，九先生的反应伍小姐没有感到奇怪，"Sorry，我看了那张照片。"

"你是不是太把自己当回事了。"九先生冷冷地说，伍小姐顿时蒙了，"别以为自己知道些什么就能走进我的生活了。"九先生会惊讶伍小姐想到了，而其他的她都没有想到。

九先生转身换了鞋然后就离开了，留在原地还没有反应过来的伍小姐还在回忆着自己是不是说错了话，或者不应该说那些话，明知道他是那么骄傲没有一丁点软肋的人，伍小姐打开手机发了一条"对不起"，九先生再也没有回复，后来的一周，九先生也没有联系过她。

有天中午，伍小姐在楼下咖啡馆休息，一直望着路口发呆，小艾递过一张卡，伍小姐才回了神。

"谢谢你，这个卡我用了一半，其他的每个月慢慢还你。"小艾说。

"不客气。"伍小姐微笑着，摸了摸小艾的肩膀，然后自己的手机响起一个陌生号，伍小姐突然感觉这个场景又有些熟悉，这个电话号码也有些眼熟，伍小姐犹豫了几秒，然后接起电话，伍小姐没有说话，对方也是，几秒后，对方开口，"Hi，我是他的太太。"对方一开口伍小姐全部想起来了，多年前，那个中午她也接到了这个温柔冷静的声音告诉自己真相的电话，那个电话改变了自己和他的感情路，而今天，在自己早就全部知道以后，这个电话好像变得没那么重要了，可是伍小姐还是同样紧张，心里有些不祥的预感。

"你好，我……"伍小姐实在不知道该说什么。

"我们见个面吧。"对方说的这句话更加证实了伍小姐刚刚不祥的预感，伍小姐想拒绝，可是嘴上却还是说出了"好"，事情好像已经发展到完全不受自己控制的地步，伍小姐挂了电话许久没有缓过来。

第二天，伍小姐请了半天的假，早早地到了约定的地方，没想到自己提前了半个多小时，而那个只看过照片但永远记得的温柔脸庞的女人比自己更早到，伍小姐抿了抿嘴，然后坐到了对面。

伍小姐没有说话，不知道是该说对不起还是什么，如果说伍小姐觉得她对九先生的爱和付出让她自己觉得并没有做对不起任何人的事情，那是不是很贱。

"你好，伍安，我叫夏骊。"她比照片上好看很多，举止很优雅，像是电影里的法国女人，笑得很淡，好像没有事情可以激怒到她，就算有她也会控制住自己。

"你好，夏骊。"伍小姐抿了抿嘴。

"你比我想象中的更好看，我其实一直想见见你，你是他这么多年来最用心的女孩。"夏骊的语气好像她口中的他不是她男人一样。

"我其实没有想好怎么面对你。"伍小姐拿起桌上的水杯喝了一口。

"你不用想着和我道歉什么的，我其实已经无所谓了，看到你真人，觉得你不是个坏姑娘，如果是估计也牵绊不了他那么久，但正是因为这样，我要告诉你一些事实。"夏骊端起水杯也喝了一口，她做的裸色的指甲，手很细长很好看，无名指上戴着一枚钻石戒指，"我猜，你不是他唯一一个正在交往的女孩。"

夏骊的话让伍小姐觉得只是她为了劝自己退出的一种说辞，她没有接话，"我想他应该没有说过他的过去，如果你留心，你应该看过他钱包里的照片，他以前是个孤儿，他很奇怪，他的父母也很奇怪，虽然是领养的，但我觉得他们天生是一家人。他城府很深，你看到的他所拥有的一切都是他算计得来的，为了和我在一起，也花了不少心思，但我们彼此都知道没有比对方更适合自己的人，所以我不 care。"伍小姐听懂了一半，还有一半不敢想也不敢真正地理解。

"你住过新天地那个小公寓吗？"夏骊停顿几秒，看伍小姐没有回应然后问道。

"嗯，住过。"伍小姐抿了抿嘴，知道接下去知道的事实可能更让自己难过更无法接受。

"住过那儿的姑娘加上你应该有快十个了，我和他结婚才两年，我说的是我结婚以后的事情，他也不会刻意隐瞒我，他的工作能力和时间分配能力我太清楚，根本不用经常加班。他大概是世界上最缺乏安全感的男人，他和我说，我总是给他会随时离开的不安全感，所以他必须要不停地寻找这种让他感觉对方不会离开的人。"夏骊说了很多很多，远超出伍小姐本以为她高冷的性格。

"如果你希望我离开的话，其实你可以直说的。"伍小姐说。

"我离不开他，但是我不爱他，他也离不开我，如果他离开我，他会什么都没有，他所需要的名是建立在他是我老公的基础上，他的家人没有留给他一分钱，而我，世界上不会有一个人像我这样包容他。"夏骊说的话让伍小姐没有办法去消化，她能理解的只有，九先生并没有那么爱她，她所做的以为会让九先生改变想法可能去选择和自己在一起的所有事情在这个时候都很可笑，突然觉得自己就是一个给自己立牌坊的小三而已。

伍小姐在夏骊离开以后打车去了那个曾经他说是送给她的安全岛公寓，开门的是一个姑娘，长着一张无辜脸，好像与世无争一样，和"小三"这两个字完全没有关系的气质，和夏骊是一个模子刻出来的一样，伍小姐捋了捋头发，然后有些失态地笑着，"你好，我是伍安，他在吗？"伍小姐问，那个姑娘一脸疑惑又有些不知所措，然后看向从身后走过来的九先生，九先生的脸一出现，伍小姐再也没有忍住眼泪，她拼命地咬着嘴唇，九先生冷静地摸了摸那个姑娘的头，然后在她耳边说了句话，拉着伍小姐走向楼道。

"还好吗？"九先生靠着墙问，伍小姐觉得面前的九先生有些让自己恶心。

"挺好的，你会不会曾经有一个瞬间觉得对不起我？"伍小姐也不知道是哭着说还是笑着说的。

"如果你忍住什么都别问，也许会。"九先生的话让伍小姐有点后悔自己所做的，当个傻白甜是多好，可惜她爱得太用心。

"那为什么是我？"伍小姐问，"我宁愿你把我当一夜情的情人。"

"有人愿意不过问地陪你不好吗？"九先生突然变得像无赖。

九先生后来好像没有再回答，即使说话伍小姐也完全没有听过去，伍小姐站在原地很久很久。九先生什么时候离开的她也想不起来，人就是那么奇怪，不管有多爱一个人，还是会做一些只能感动自己却丝毫不影响对方的事情，我们以为自己会成为那个人的软肋，实则那个人比你想象的更骄傲。

谁还在等？谁太认真！

7/7

——

"你走了真好，

不然，

总担心你要走。"

"小伍姑娘啊，照片洗好了，你什么时候来拿？"伍小姐某天早上还没睡醒就接到了照相馆老爷爷的电话，想了很久，伍小姐还是在下班后路过照相馆取回了照片，伍小姐没有打开看，把照片放进了包里。

伍小姐已经算不清还有多久回到第三个时空了，伍小姐有点害怕再回到过去的任何一个时间，本来以为会重新经历一遍那些让自己后悔不已的事情，却没想到任何一件事情改变任何一个细节，甚至你呼吸得快一些慢一些都会改变整件事情的走向，如果想每个细节都做到一样，那么这件后悔的事情还是会发生，但是你要知道也许那个后悔的决定是你最最好的决定。

有些你以为适合却无法在一起的人如果真的给机会在一起，也许真的不适合，反而破坏了彼此的幻想，所以千万不要怪天不时地不利，所有没有结局的爱情都是因为人不和。

伍小姐和多年前一样辞掉了工作，搬离了那个房子，每天都会打开和九先生的聊天对话框，也会偶尔假装去喝咖啡时不时瞄一眼路口，有一次不知道是看错了还是真的是他，竟好像看到了九先生。

"我不知道你们怎么了，但是我觉得他是很爱你的。"小艾不知道什么时候站在自己身边的，伍小姐看了一眼小艾，然后苦笑了一下。

"是啊，每段恋爱不管是什么结尾收场，中间肯定爱过，我也相信。"伍小姐说完，又回头看了一眼路口，那辆熟悉的车又出现，伍小姐立刻跑了出去，他没有靠边停着，而是排在等红灯的队伍中，伍小姐还没有跑到，绿灯亮起，他的车开走，他从后视镜里看着伍小姐，然后深吸一口气，把他的那张童年照扔了出去。伍小姐拼命地跑着，想开口叫他的名字，却发现他的名字是他们关系的终结诅咒。

在追了一整条街以后，伍小姐觉得自己快窒息了，然后喘着大气停了下来，一停下来伍小姐才发现自己已经哭得很狼狈，伍小姐环抱着自己慢慢蹲下，路上的行人走过，有人塞了纸巾给自己，有人蹲下问需不需要帮忙，有人站在旁边看着伍小姐，似乎等着那个惹这个姑娘伤心的男一号出现。

伍小姐也在想，这段感情里，到底是谁伤害了谁，是九先生的欺骗伤害了自己，还是自己的好奇和自以为是伤害了自己，还是那个明明受伤却一副战胜后的态度的夏骊伤害了自己。

最后，其实是我们以为我们做了后悔的事情的这个念头伤害了自己。

"怎么把自己搞成这样，不是说会以最好的状态来见我吗？"耳边传来熟悉的大 K 的声音。伍小姐停止哭泣，抬头一看，大 K 弯下腰扶起伍小姐，"我刚去公司才知道你辞职了，路过楼下咖啡店，看到你的包在，人不在，问了店员，说你往这个方向跑了。"大 K 慢慢地说，伍小姐的眼泪不受控制地又掉了下来。

"我把所有事情都搞砸了。"伍小姐哽咽地说。

"那是不是要来点酒和我讲讲。"大 K 上前擦掉伍小姐的泪痕。
伍小姐抿了抿嘴唇，没有说话。

"走，先去拿包，然后买酒，然后回家，然后宿醉。"大 K 搂着伍
小姐往前走。

"我搬家了。"伍小姐看大 K 拿好包准备往以前住的地方的方向走，
然后说，"那个房子是他的。"

然后大 K 和伍小姐打车回了伍小姐的家，伍小姐好像只有和大 K 在
一起的时候才会放松地喝酒，但是她的酒量从没有变好。

"我马上要离开 2010 年了，我很快就会摆脱现在的痛苦。"伍小姐
喝了几罐酒后开始了让大 K 觉得是胡言乱语的话。

"那你带我一起去吗？"大 K 无奈地接着说。

"不，只有我一个人，但你也有可能在未来的某一天做一个梦．那个梦会让你选任何你后悔想要去重新经历一遍的过去。"伍小姐说完开始傻笑。

"那如果让你再选一次，你会选择和他重新来一次吗？"大 K 喝完手里的酒，然后问。

"不会，我以后再也不会后悔曾经做过的任何事情了！现在经历的一切都是最最最最最最好的选择，相信我。"伍小姐举起酒，"干杯！"
"伍安，你知道我喜欢你什么吗？"大 K 看着喝多的伍小姐。

"不要告诉我。"伍小姐伸出食指抵住大 K 的嘴唇，"喜欢一个人要让她去不停地猜你到底喜欢她什么，让她永远猜不中。"

大 K 沉默了一会儿然后试图紧紧握住伍小姐的手，伍小姐用力地缩回，可是喝多了就没什么力气了，好像挣扎了很久很久，久到累了，然后就睡着了，大 K 摇了摇头，伍小姐每次都会不打招呼地睡着，他依旧小心翼翼地抱着她上床，然后整理完所有的酒瓶。

你会选择爱你的人还是你爱的人？这是永恒的未知单选题，我们只有在伤痕累累的时候才会自以为理智地去做出选择，然而，只要你还考虑这个问题一天，就说明你仍然没有做出正确的选择。

大 K 收拾完酒瓶，连带桌上的几张纸巾也收拾走的
时候看到桌上躺着一个信封，大 K 拿起信封，里面
的东西有些硬，好像是照片，他回头看了一眼伍小
姐，然后打开信封，里面躺着两张伍小姐和一个自
己没有见过的男人的合影还有一小张胶片，照片里
的伍小姐笑得很开心，好像是真的在拍结婚照一样，
那个男人握着她的手，露出和他的气质不匹配的害
羞笑容……

遇见成熟的爱情以前，我们总是要谈一段没有分寸
的恋爱，做尽一切不要脸的事情以后，才会知道什
么叫作有分寸地爱着对方，什么叫作刚刚好的恋人。

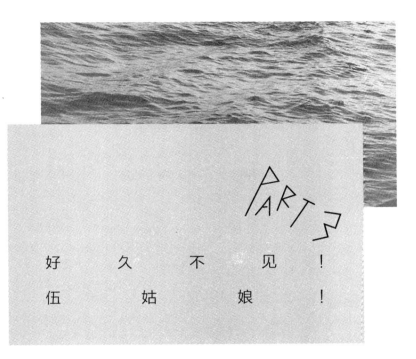

PART 3

好　　久　　不　　见　　！
伍　　姑　　娘　　！

你碰到过最超出你承受范围的事情是什么?

她有个远房表姐,从小就是尖子生,遗传了妈妈的姣好容颜,每次见到她总是穿得很好看,好像总有穿不完的连衣裙,在家长口中,她就是一个从书里走出来的人物。高三那一年,她的父母闹离婚,母亲走那天,她从家里的三楼阳台跳下去,摔断了两根肋骨,脸上被楼下坏了的晾衣架钩了一下,永久性留疤;高二那年,她的班里来了一个不爱说话的转学生,听说他的父母是外地农民工,花光了所有积蓄学校才让他进了学校,除了上课被抽到回答问题,她再也没见过他说话。有天课间,他的同桌从他的课本里拿出一张女性素描画放到学习课代表的桌上问"是不是你?",然后班里的同学抢着传阅这张画,他抢过那张画然后撕碎,放学以后,他将同桌的自行车扔到了河里;她有个同事,和男朋友是青梅竹马,一起努力学习,后来双方家里都借了钱才让他们能到一线城市上大学，毕业以后，男方找的工作远不如女方，但女方一点也不介意，工作两年，女方升为部门经理，男方却还在刚换的新公司做试用专员，女方负责房租和下馆子的费用，男方负责水电费而已，有一天女方提出结婚的事情，男方拒绝了。她以为是男方因为工作和经济关系而犹豫，直到男方生日那天，她去他们公司楼下想给他一个惊喜，撞上了他和另一个女人手牵手从写字楼里走出来的一刻，她决定要离开，那个女人手里拿着一个没有拆封的CHANEL新包，后来她才知道，那个女人和他同一天生日，那是他花光了所有积蓄给她买的生日礼物……

有些人的软肋是亲情，有些人的软肋是爱情，有些人的软肋是金钱，还有一些人的软肋不过是一个名字而已。

你有没有做过一个梦，梦里面你对一个你以为永远不会喜欢的人突然产生了情愫，而且在那个梦里的那种喜欢特别真实，醒来的瞬间特别特别想念那个人。

伍小姐做了一个梦，梦里面大K陪她看着一部老电影，然后她慢慢地靠向大K的肩头，大K也慢慢地把手伸向伍小姐，伍小姐低头偷偷地笑着，大 K 轻轻地捧着伍小姐的脸颊低头亲吻上去，唇与唇之间柔软的碰触感特别真实，两人越吻越用力，用力到伍小姐快无法呼吸，伍小姐努力地寻找新鲜的空气，睁开眼睛却发现自己被关在一个瓶子里，瓶子的角落里有一张超级大的字条，她走近，字条被不知道哪里来的风一吹。

2003 年，夏，伍建林，你是他上辈子的情人，所以不管他做错什么，你都要去选择原谅，没有理由。

伍小姐猛然睁开眼睛，吃力地呼吸着，好像是挣脱了大 K 一样。呼吸够了以后，伍小姐才注意到天花板的陌生感，天花板上的吊扇吹着微弱的凉风。

伍小姐突然意识到昨晚应该是 2010 年的最后一天，伍小姐试图摸着习惯放在枕头下的手机，然而摸了许久发现没有找到。她猛然坐起，看了一眼四周，这是她曾经睡了十八年的卧室，看到书桌靠着的墙上贴着离高考还有二十一天的纸，她抿了抿嘴，然后大喊。

"妈！"伍小姐喊完屏住呼吸，努力听着外面的声音，一会儿，熟悉的脚步声传来。

"怎么啦!"伍小姐的妈妈推开房门,一脸疑问,看到妈妈出现的那一刻,伍小姐瞬间泪目。

伍小姐的妈妈本是一副不太耐烦的表情,突然有点手足无措,上前坐到床上,看着伍小姐:"怎么了啊,是不是高考压力太大了?"

伍小姐哭着哭着看了一眼几乎还没有白发的妈妈然后又笑了,想到以后的几年里她的白发越来越多,直到现在 2016 年,她已经开始需要靠染发来遮盖自己的发色,伍小姐低下头又哭了。

似乎所有的父母变老的过程都是在某一瞬间被察觉的。

而在父母面前,你永远是个大姑娘,你好,伍姑娘。

那么，你现在过得好吗

1/7

—

我来找你了，

上辈子你一定对我不够好，

所以这辈子你成了我爸。

伍姑娘低头抽泣着，想到爸爸差不多是在这几天开始变得奇怪的。
伍姑娘冷静下来，抬头问："他呢？"

伍姑娘和妈妈在后来的几年里，都称那个男人为他。

"你说谁呢？"伍姑娘的妈妈觉得女儿今天很奇怪，心想着应该是
因为高考压力太大，"你爸啊？"

"嗯。"伍姑娘应了一声，然后起床穿衣服，翻了一下衣橱，又一次和回到 2005 年时一样地嫌弃着自己的衣服，伍姑娘愁得不知道该说什么。

"你傻啦，这都几点了，你爸早去上班了。"妈妈指了一下书桌上的钟，伍姑娘顺势看过去，十一点整，"我靠，完了！"伍姑娘随便拣了一件衣服套上，"迟到了！"

伍姑娘的妈妈惊讶地看着今天表现尤其奇怪的伍姑娘，"伍安，你没事吧，今天周日啊，你爸是因为最近有大项目才加班的，昨晚你是不是又熬夜了？你爸说了，考不上也没关系，你别……"伍姑娘有点尴尬地看着妈妈，妈妈也停止了说话。

"妈，你觉得爸他最近有什么不对劲的吗？"伍姑娘翻着自己书桌上的书，猛然看到一个应用题，好像就是她高考那年的某个题，伍姑娘兴奋地把这个题抄了下来，"我说的他是爸。"这个称呼太久没用，有些陌生的尴尬。

"不对劲？没有啊，挺正常的……"伍姑娘的妈妈眼神有些闪躲。

"是吗？我觉得他不太对劲，你留意一些。"伍姑娘没有看到妈妈的表情。

"傻丫头，你今天到底怎么回事啊？你看看几点了，下午补习课不去了？"妈妈随即换了个话题，然后起身走向厨房。

"补习课？"伍姑娘拼命地回想着补习课的事情，哪门课，哪个地址……想了许久都记不起来，那些曾经以为会改变自己一辈子的事情现在回想起来，也不过是过眼云烟。

伍姑娘翻着自己的所有笔记本和尽可能会记录补习课相关内容的书籍，最后终于在自己高考前最用心记录的笔记本的最后一页翻到了自己的补习信息，看着自己多年以前的笔记本，突然好像所有细节都重现了，那个最讨厌的化学老师，总是一副女孩子选什么理科的态度讲题；还有那个总是喜欢讲野史不好好教课本内容的历史老师……伍姑娘翻完了笔记本，也记起了一大半青春。

伍姑娘无比用心地吃完了妈妈准备的营养餐，从很久以前，高考营养餐就开始流行，只是那个时候所谓的营养餐不过是每顿多点虾多点鱼多点蛋，不像现在各种药丸和口服液，甚至还有唬人的仪器。

吃完饭，伍小姐翻着家里的电话簿，找着高中最好的朋友蛋蛋的电话号码。

"喂？"对方是一个中年女人的声音，伍小姐一听就知道是蛋蛋的妈妈，在蛋蛋家，不管是什么时候打电话去，接电话的永远是她妈妈。

"阿姨，是我，伍安，蛋蛋出门了吗？"伍小姐有点兴奋地问，蛋蛋高考之后就出了国，起初两人还会来往写信，但是漫长的书信等待从一开始每个月一次，到后来半年一次，最后是一年一次，再后来再也没有联系，她结婚的消息也是从其他同学的朋友圈看到的。

"哦，是小伍啊，没呢，她自行车轮胎坏了，她爸在研究怎么修理呢！"蛋蛋的妈妈说，然后电话那头传来了蛋蛋喊着"是不是找我？"的声音。

"喂！"蛋蛋总是让人觉得快乐，即使只听到她的声音也觉得很开心。

"蛋蛋！！！"伍姑娘特别用劲地喊着蛋蛋的名字，把蛋蛋和厨房里的妈妈都吓了一跳。

"伍安，你吃错药了吧！还是你知道模拟考的成绩了！我说，你千万别告诉我！"蛋蛋压低了声音说，"我这次估计有两门不及格。"伍姑娘听着笑出了声，不知道有多少次想回到学生时代，最想回的就是高中时代，高中和大学唯一不同的是，一切都是那么单纯懵懂，就像两个人确定恋爱关系前的暧昧期，而大学则是热恋期，充满着未知和忐忑。

伍姑娘凭着记忆在小区里寻找着数学老师的家，记忆中是右拐右拐再右拐，可是不知道是回忆出了问题还是小区变了，怎么都不对，伍姑娘在小区里绕了有将近二十分钟，还好学生时代的她总是喜欢早到半个小时左右，不像现在，什么事情都踩着点，那个时候除了读书什么事情也没有。

"你又迷路了？"背后传来一个男生的声音，伍姑娘回头一看，是数学课代表陈燃，他明明数学成绩好到令人费解，却还是参加了所有关于数学的补习班。高中以前的审美非常的意料之中，只要长得高一些，喜欢运动，理科成绩又好一些，那一定会有很多女生暗恋，陈燃就是这样的。

"Hi，我好像有点儿失忆了。"伍姑娘尴尬地笑着说。

"嗯，你上次好像也没找对路。"陈燃下了自行车推着走，走到了伍姑娘的前面。

"确实有点儿难找。"伍姑娘推着自行车急忙跟上。

"你这样记吧，你看其实叶老师家小区是个长方形，他住在门口为直线右下角30°左右，你就往30°方向一直走就行，这是条小路，不用转弯什么的，看，前面就是。"陈燃一边解释着一边就到了，前前后后两分钟时间都不到，而伍姑娘之前在小区晃了足足十五分钟。

伍姑娘抬头看着，觉得有个理科好的直男男朋友挺好的，以前总是喜欢文艺一些的男生。

"快迟到了。"陈燃停好车走到正在发呆的伍姑娘面前扔了句话上了楼，伍姑娘匆忙停好车锁好然后跟了上去。

"伍安，你今天怎么这么晚？"蛋蛋看到伍姑娘进门正在脱鞋，然后往旁边坐了点空出个位置来。伍姑娘脱完鞋立刻坐到蛋蛋旁边，盯着蛋蛋看了许久。

"你要再这么看我，我今天都不想和你说话了。"蛋蛋用手指在伍姑娘面前晃了晃，伍姑娘笑了。

"哎呀，不是好久没见了嘛！"伍姑娘抿了抿嘴，"我是说都整整一天没见啦。"蛋蛋白了一眼伍姑娘然后低头整理自己的试卷。

数学老师叶老师也正好从自己的书房出来，一旁的蛋蛋在桌下激动地握住伍姑娘的手。蛋蛋暗恋叶老师整整四年，即使后来出国后都偶尔会问起叶老师的消息。叶老师研究生刚毕业就进了他们学校，长得确实很帅，上课也很有自己的风格，带的班每次都考全年级第一，有不少单身女老师都对叶老师有好感，而早熟的蛋蛋在一次课上，叶老师用一分钟解完了自己想了一周都不知道如何解答的题后彻底被征服了。

叶老师扫了一下坐在客厅的人，低头想了两秒，大概是在算人有没有到齐，然后转身擦上周补课留下的黑板。蛋蛋低头拿出一张草稿纸撕了个角然后开始写着小字条，伍姑娘想着如果蛋蛋补课的内容能全部听进去早就考上了清华北大，根本不用被父母送出国，也许她和叶老师之间还能有个可以期待的未来。

"我高考一结束就和他表白。"字条上写着这样一行字，伍姑娘看了一眼，然后拿起笔停顿了几秒，最后写上"加油"两个字，蛋蛋看了回复有些失落，大概觉得伍姑娘的回复太过敷衍。

补课的时间好像总是比上课时间过得快，下课后，蛋蛋拿出书包里早准备好的几个问题打算留下来问叶老师，好像也已经成为习惯，每次补课结束蛋蛋总会有几个问题要问，得到答案后，她总是一脸崇拜地看着叶老师，一副更加坚定自己的眼光。伍姑娘每次也会陪着她，从前看着这样一脸崇拜的蛋蛋心里也替她高兴，而现在不知道为什么有些隐隐的心疼。

"蛋蛋，你有没有想过也许叶老师已经有喜欢的人了，毕竟他有自己的社交圈。"回家的路上伍姑娘突然和并排骑自行车的蛋蛋说。蛋蛋立刻刹车停在路边，伍姑娘随即也刹车退了几步停在蛋蛋的身边，"我没有别的意思，我意思是说如果他没有喜欢的人其实你可以早点和他表白，你觉得呢？"伍姑娘大概没有想过自己本来是担心蛋蛋会因为自己的话不开心而随便拿来当借口的一句话竟成为改变蛋蛋未来的关键。

"我觉得他没有喜欢的人，我看过他家卫生间了，没有任何一样女性用品，连一根长头发都没有，像他那么懒的人，连擦个黑板都要隔一周的人怎么可能处理得这么干净？"蛋蛋突然有些严肃，"所以排除他有女朋友的可能性。其次你看他平时每天都有课，周末两天分别给班里不同等级的人补课，如果有正在暧昧或者追的女生，那早晚得吹，没时间啊，哪有姑娘受得了对方不肯花时间陪自己的啊。"蛋蛋挑眉笑了一下，有些得意。

伍姑娘听得有些惊讶，蛋蛋是自己这辈子见过最感性的姑娘，她会在说之前自己想过一百种可能的结果，"那你有没有想过不如早点表白？"伍姑娘大概忘记了大家是高中生的身份？

"伍安，真要这么狂？快高考了……"蛋蛋低头说，大概是怕被拒绝，伍姑娘也不再多说什么了，过去她和叶老师没有发展到超过现在的关系，所以伍姑娘自己也不知道该不该鼓励。

"我只是突然想到而已。"伍姑娘拍了拍蛋蛋的肩，"走，请你吃甜筒。"

伍姑娘想着大概是因为自己青春校园剧看太多了，高中时没表白的后来都后悔了，但回头再想去重新来过，发现感情都变了，大家不会再无条件地去喜欢一个人。

排队买甜筒的时候正好看到排在前面的陈燃，蛋蛋走向前，"Hi，班草！"蛋蛋总是这样叫他。

陈燃回头看了一眼蛋蛋和伍姑娘，"你好，另外加两个甜筒。"本来只是打算插队的蛋蛋回头看了伍姑娘一眼，得意地一笑，然后接过陈燃递过的两个甜筒，"谢谢，下次我们排队在先请你吃！"

蛋蛋除了在叶老师的面前会表现得格外小女人外，在其他男生面前表现得都格外汉子，那个时候水原希子的波波头还没有像现在一样算是时髦的标志之一，蛋蛋就是留着那样的发型，简单却有种形容不出来的洋气感，所以不管是她的性格还是外形都很讨人喜欢，伍姑娘觉得陈燃是喜欢蛋蛋的，很多时候蛋蛋没有说什么陈燃就知道她想要什么想做什么。

记得有一次模拟考试，陈燃的位置正好安排在蛋蛋的后面，伍姑娘正好坐在蛋蛋的前面，陈燃主动把每门考试的填空题、选择题、是非题的答案都传给了蛋蛋，蛋蛋也仗义地分享了答案给伍姑娘，那次考试理科成绩是蛋蛋和伍姑娘整个高中生涯的巅峰；还有上次体检的时候因为需要空腹抽血，大家都饿着体检完，因为是全校的，伍姑娘她们班正好又被排在了最最后，排到她们的时候已经临近中午了，蛋蛋和伍姑娘饿得坐在地上靠着墙，一抽完血两人正想着去吃什么，陈燃拎了一袋吃的给蛋蛋，里面的零食够一桌人吃饱了，两人不亦乐乎……还有很多小事，总之，陈燃的细心让伍姑娘都有些心动。

怀念青春的理由之一也有可能是因为当时的付出不计较回报，甚至根本不知道什么叫作回报，只知道如果喜欢就要拼命地对他好，不管他喜不喜欢你，知不知道你喜欢他。

也许喜欢怀念你，多于看见你

2 / 7

——

明知道你在演戏，

却不忍心拆穿你，

结果我也变成了戏子。

回到家已经是黄昏了，学生时代的时候去过的地方不多，看过的风景也少，所以日落黄昏算是最美的风景之一了，伍姑娘时不时地抬头看看晚霞，转弯的时候，又回头看了一眼。

"小心。"还没来得及回头，伍姑娘被吓得立刻刹车停下，是爸爸，那个有事没事喜欢故意吓女儿的伍建林，伍姑娘站在原地有点不知所措，伍建林左手拎着一袋零食看着女儿站在原地不说话，以为真的把她吓到了，立刻上前，"小伍，你变弱了。"

伍姑娘抬头看着伍建林，抿了抿嘴，再次看到还算年轻的爸爸其实心中一丝恨意也没有了，她露出笑容。

"我装的。我是谁？被你吓了十八年，我会被这种小儿科的尖叫声吓到？"伍姑娘拿过伍建林手中的袋子打开一看，全是妈妈爱吃的，只有一包自己爱吃的果冻。看样子他不可能是因为爱上别的女人，印象中，爸爸对妈妈好到自己有时候都会吃醋，十八年来一直是，如果只是这段时间突然对妈妈好，那还有出轨的可能性，这样看来，伍建林真的是有什么难言之隐。

"你也太偏心了，我只有三个礼拜就要高考了，你就一包果冻来帮我补身体？蛋蛋爸爸可是每天恨不得给她吃燕窝鱼翅的。"伍姑娘假装生气然后推着自行车往家里走去，伍建林跟在身后走着。

"妈！我们回来了，你看看爸爸买的什么，我都没什么心情复习了。"伍姑娘接过妈妈递过来的水杯，妈妈接过伍建林递过来的零食袋，竟露出害羞的笑，伍姑娘看在眼里，实在想不通这样的两个人会因为什么而分开。

"我下周要出差一趟，两天就回来。"伍建林坐在饭桌前，妈妈开始从厨房里端菜出来，伍建林是在货运公司上班的，经常出差，似乎非常正常的出差，伍姑娘却觉得这次出差可能就是导致他离开的原因，伍姑娘低头想着如何才能跟着伍建林一起出差，这是伍姑娘目前唯一能想到的办法。

"小伍，吃饭了。"伍建林看着发呆的伍姑娘。

"爸，你下周去哪里出差？"伍姑娘拿起筷子假装随意地问，"我觉得我每天在家复习做题有点儿太闷了，而且很多题都是重复做的，我需要释放压力。"

"想什么呢，等你考完随便你去哪里释放。"伍建林夹了块最大的肉给伍姑娘，"不管你考得怎么样。"伍姑娘低头看着碗里，然后伸出筷子把下面一小层肥肉夹下来放到伍建林的碗里。

伍姑娘的爸爸妈妈从来都不会给她太多学习上的压力，"我们班同学好多都在高考前出去痛痛快快地玩了一场，然后回来定定心心地复习准备高考。而且是你带着我，肯定不会出什么意外的嘛。"

"小伍，听你爸的，再熬二十天你就解放了。"妈妈夹了个鸡腿给伍姑娘。

伍姑娘抿了抿嘴，连妈妈都没有帮自己，看来得换方案，"好吧，小气。"吃完饭，伍建林和妈妈去散了个步，伍姑娘躺在沙发上有点心神不宁，突然她站了起来进了房间拿出自己所有的存款，不如跟踪吧，自己又不是真的18岁，哪里都没去过，必要的生活经历她什么都经历过，坐飞机订酒店问路，在陌生的城市生活都不是问题。

伍建林回来后，伍姑娘问到了他的出差时间和目标城市，伍姑娘第二天一下课就去火车站买了车票。

"伍安，你一个人真的不要紧吗？"蛋蛋陪着伍姑娘买的车票，但伍姑娘却始终不说为什么要在考试前独自去外地。

"哪是一个人，我爸也去，我就是给他一个惊喜，他不是快生日了嘛，我提前给他过，我怕再过几天学习更加紧张赶不上。"伍姑娘小心翼翼地把车票放好，先是放进钱包，过了一会儿又拿出来夹进语文书里面，再过了一会儿，夹进了自己的笔记本里面。

"可是，还是有点不安全，要不要我找个理由陪你一起啊。"蛋蛋看着很少这么紧张的伍姑娘问。

"不用啦，哎哟，你放心好了，你只需要帮我保密，要是有什么需要帮忙的我第一时间给你打电话。"伍姑娘笑着说。

"好，我还有些零钱，你带在身上吧，有用的话就用。"蛋蛋掏出钱包，拿出一些五块十块的塞进伍姑娘的口袋。

伍姑娘抿了抿嘴，毕业以后，真的没有遇到过能让自己感动的朋友了，就算在失恋的时候有人陪自己喝酒，生病的时候送药给自己，也没有这样的感动。

伍建林今天回来得有些晚，回家的时候他看上去有点心事重重，伍姑娘知道一定就是为了那件事。

"爸，要不这次出差你推了吧，我昨晚做了个梦……"伍姑娘抿了
抿嘴，"梦到了不太好的事情，我梦到你不要我和妈妈了。"伍姑
娘的眼神有些闪烁，然后有些哽咽，因为这不是梦，这是正要发生
的事实。

"小伍，是不是压力太大了。"伍建林搂住女儿摸着她的头，"别
有压力，我和你妈妈都不要求你考什么大学，你按照自己喜欢的方
式来，你不是想考艺术学校嘛，你看你平时的模拟考成绩，绰绰有
余。"伍建林微笑着说，"总之，不管怎样，我都爱你和妈妈，非
常爱。"

伍姑娘知道这次爸爸是去定了，"那你可不可以答应我，不管发生
什么事都不要离开我们。"伍姑娘忍住不让眼泪掉下来。

"傻瓜，你觉得有什么原因是能让我离开的？"伍姑娘也不知道到
底是什么原因。

"你们父女俩怎么啦今天？"妈妈刚热好菜端出来，看到伍姑娘有
些红肿的眼眶，放下菜立刻走向前，"小伍，怎么啦？妈妈抱抱。"

伍姑娘一是没忍住终于哭了出来，妈妈轻轻地拍着她的背，不知道该说些什么，想着是不是考试压力太大，看了一眼伍建林，伍建林也是一脸茫然。

吃过饭，伍建林和妈妈老习惯去散步，"伍安最近情绪有些不对，我有些担心。"伍建林抽着烟说。

"怎么办，要不你带她去旅行吧，她可能真的需要发泄。"妈妈说。
"可是……"伍建林抽了口烟停顿了一下，"这次真的不行。"

"怎么了？这次有什么问题吗？"妈妈也察觉了伍建林今晚回来时不太对劲的表情。

"没事。就是这次会比较忙，我没时间照顾伍安，我怕她一个人迷路什么的，而且这次去的地方比较落后，不太方便，一旦走丢……"伍建林的理由说服了妻子，她也没有再说话。

第二天午休的时候，伍姑娘没有看到蛋蛋，她们俩是除了在家和放假以外一直黏在一起的人，尤其是午休，就算午睡也是头靠着头，伍姑娘在食堂里找了一圈，卫生间也找了一圈，没有找到，然后慢慢地从操场走向教学楼，穿过体育馆，看到图书馆，突然想起来有本历史书要借，然后进去了。

午休的时候，图书馆人不是很多，有几个假装在看书，但一看就是情侣的男女同学坐着，伍姑娘低头笑了一下，然后一排一排地找书，历史类的书在最里面的一排，伍姑娘好不容易找到了想要的书，翻看了几页，看到借书卡上的记录，有陈燃的名字，伍姑娘觉得有些巧，然后发起呆来，陈燃是自己高中时代唯一有过好感的人，可是他喜欢的人偏偏是蛋蛋……

正发呆的时候，蛋蛋从身后的储藏室里走了出来，撞上伍姑娘，表情有些尴尬，有些不知所措，脸很红，然后低头斜眼瞄了一眼后面的门，拉着伍姑娘走向图书馆出口，"快上课了。"伍姑娘有些莫名其妙，回头看了一眼轻轻被推开的门缝，然后又有人在里面把门反关上。

伍姑娘办完借书手续，然后跟在蛋蛋的身后往教学楼走，有很多想问的话，但是不知道该从何问起。

"可以慢些，其实离上课还有一段时间。"伍姑娘拉住蛋蛋说着，"你没事吧。"伍姑娘看着同样也无从开口的蛋蛋说。

"没事啊，我只是去仓库找本书。"蛋蛋放慢了脚步，但是讲话的语气有些心虚。

"嗯，找到了吗？"伍姑娘紧接着问。

蛋蛋低头然后停下，"叶恺也在里面。"

伍姑娘抿了抿嘴，她从来不知道蛋蛋和叶老师曾经在一起过这件事情，如果换作以前，伍姑娘一定惊讶到怀疑蛋蛋是不是在意淫，但是现在的伍姑娘看过太多这种在当时看起来不伦的奇怪恋情，蛋蛋是单身，叶老师也是，男欢女爱的事情在她的认知里已经再正常不过。

"我知道这样很不好，第一次和他表白的时候，我也觉得我很不要脸，觉得自己做了很了不得的错事，可是现在不，喜欢就是喜欢，和我现在有多少岁，我是什么身份有什么关系？"蛋蛋说的话条理很清晰，她应该自己整理过很多次如果被发现该怎么解释。

"我知道，我又没说会反对，不管怎样都支持你。"伍姑娘抿了抿嘴微笑着，"但你……要保护好自己，我指的是……"伍姑娘不知道他们发展到哪一步，但对于这个年龄的女孩子来说，唯一想要叮嘱的似乎只有这个。

"伍安，你不觉得我恶心吗？"蛋蛋有些惊讶伍姑娘的反应，她不敢告诉伍姑娘是因为她那么乖一定无法接受这种事情，"我以为……"

"以为什么？以为我会因为你能和自己喜欢的人在一起而和你绝交？"伍姑娘拉起蛋蛋的手，"只要叶老师对你好，不欺骗你，不让你难过，我比任何人都开心，因为你要知道以后再也不可能经历……"伍姑娘抿了抿嘴，"我意思是，以后长大了就很难这样不计后果地去喜欢一个人。"

"谢谢你，我很高兴你能理解我，我最害怕的事情不是别人闲言碎语，不是我爸妈知道后的极力反对，而是我最好的朋友讨厌我不理解我，那比任何事情都令我觉得委屈难过。"蛋蛋上前抱住伍姑娘。

那天以后，伍姑娘发现蛋蛋总是很快乐，和自己在一起的时候会突然傻笑，上课的时候也格外认真，她说，一毕业就要和叶恺公开恋情，然后带他见父母。

这天是伍建林出差的日子，正好是周末，伍姑娘和爸妈撒谎要在蛋蛋家过夜，他们没有怀疑，加上伍姑娘最近的情绪不稳定，他们也没有多问，只是打电话给蛋蛋，让蛋蛋多陪陪她，而蛋蛋当然早就和伍姑娘串通好了。

伍姑娘比伍建林更早地到了火车站，然后一直躲在卫生间，直到听到广播里报着伍建林那班列车停止检票的声音，伍姑娘才出了卫生间，而刚走出卫生间，没想到迎头撞上了陈燃。

"陈燃？"伍姑娘觉得巧合到不知道该说什么。

"Hi。"陈燃有些尴尬，怕被识破自己是特地赶来陪她，蛋蛋在知道伍姑娘要独自去贵州的时候就告诉了班里唯一信任的男性同学。

"你怎么在这里？"伍姑娘捋了捋头发。

"我有个亲戚在贵州，周末有些事情需要赶过去一次。"陈燃不敢直视伍姑娘，然后笑着假装问，"你去哪里呢？"

"我也去贵州。"伍姑娘也是有些心虚，她不想让任何人知道她此行的目的。

"这么巧，你具体去哪里，贵州我以前去过，说不定能给你带路。"陈燃确实以前旅行去过，加上这几天做了些功课。

"我……我爸在那边，所以我会跟着我爸。"伍姑娘抿了抿嘴，然后笑着说，"但我爸昨天就去了，我昨天在上课，所以我现在过去。"

"嗯，好，我那个……"陈燃欲言又止，"我的事情大概一个小时就办完了，我周日晚上的回程，中间都空着，你需不需要……"

"不需要……"伍姑娘还没等陈燃说完话立刻说，其实她需要，她非常需要有人陪着。

陈燃有些尴尬，她跟踪她的父亲，那他只能跟踪伍姑娘了。

到达贵州的时候已经半夜，伍姑娘在车站徘徊各种询问着如何去从父亲手机里偷看来的地址，陈燃在远处看着焦急的伍姑娘，足有半个小时，伍姑娘问得有些累了，拿出书包里的水坐在花坛边喝起水，不停地抿着嘴，试图忍住眼泪，如果错过，也许父亲注定要离开她和母亲。

"我是专门来陪你的。"陈燃突然站到伍姑娘的面前，递过一个面包，坦白道，"蛋蛋和我说了一些，我不放心你一个人，所以……"伍姑娘看着站在面前的陈燃的脚，他穿着一双干净的白色球鞋，伍姑娘终于没忍住哭了出来。看到哭出来的伍姑娘，陈燃不知所措，摸着自己的口袋，找着纸巾，最后找到一块干净的手帕，递给了伍姑娘，伍姑娘没有停下来也没有接过手帕，陈燃走向前蹲下，然后帮伍姑娘擦着眼泪。

"你要去哪里，我租了辆小车，随时可以走。"陈燃小心翼翼地说道，"我之前来过一次，也是这个人带我们的，所以你可以放心。"伍姑娘终于停了下来，抬头看着一脸着急满头大汗的陈燃，然后破涕笑了，陈燃有些不好意思地也笑了，伍姑娘拿出口袋里的一张纸，上面写着一个地址，然后两人出发前往目的地。

多年以后，我仔细回想了一下，学生时候的你好像是喜欢过我，只是那个时候不亲口说出"喜欢"这两个字就永远无法确定，不像如今，成年以后，只要一个眼神、一个小动作，就知道会不会有下一步。

到达目的地的时候天都快亮了，伍姑娘一路上都在想着，在这个信息不发达的年代只有一个地址，该如何去找到伍建林，时间一分一秒地过去，伍姑娘越发觉得不管自己做什么好像都阻止不了父亲的离开，就算再次经历一遍，也好像不会知道那个秘密。伍姑娘抬头看着天空，眼泪慢慢从眼角滑落，一旁的陈燃看着伍姑娘的侧脸发着呆。

"伍安，以后不管要去哪里，如果你开口，我都会陪你。"陈燃心里默念着。

伍姑娘和陈燃在目的地附近找了一家小旅馆住了下来，开了两个房间，上楼的时候，伍姑娘走在陈燃的身后轻轻地说了声："谢谢。"陈燃一边走着一边笑了。

最轰轰烈烈的青春都不是能用语言来表达的，而是那种压在心底里在无数个夜晚想呐喊的心疼和欲望。

你 是 我 心 底 最 深 处 的 秘 密

3 / 7

—

秘密的开始是因为有一个在乎的人，秘密藏多深埋多久，这个人就有多重要。

第二天醒来的时候已经是中午，伍姑娘从梦里惊醒，梦到无数种伍建林离开的原因，梦到有鳄鱼咬自己，梦到自己在伍建林的身后拼命地追着，双腿却始终使不上力，眼看着父亲慢慢地离开。

伍姑娘起床简单洗漱之后开门准备去找伍建林，一开门发现陈燃就靠在门口，"早。"陈燃手里拎着早饭，看到伍姑娘立刻站直。

"早。"伍姑娘抿了抿嘴，"你什么时候醒的？"

"刚醒。"陈燃递过早餐，"吃点东西吧，今天应该会挺累的。"

"谢谢。"伍姑娘接过早饭，"我其实也不知道该去哪里找他。"伍姑娘一边吃早饭一边说。

"我妈老说女人的第六感特别准，你就随便走，我觉得你可以找到你爸的。"陈燃想伸手摸摸伍姑娘的头，还没伸出来就缩了回去。

"谢谢。"伍姑娘突然明白陈燃喜欢的原来是自己，昨晚因为一直想着伍建林的事情，没有去想陪在身边的陈燃。

那天，陈燃陪着伍姑娘找遍了附近，好多次和伍建林擦身而过，但是最后也没有和他正面相遇。伍姑娘带着疲惫的身体排队买了回程的火车票，在她的字典里，已经找不到可以形容她此刻难过的心情，那种明明知道一定会失去还要做努力的心情。

而此刻的伍建林就在和伍姑娘同一个小旅馆里的某间房里与那个十八年前改变自己命运，十八年后再次改变自己命运的男人交谈着。

"这一票如果你不参与，我会亲口告诉你女儿所有的事情。"那个男人一边抽着雪茄一边说着。

"你比我想象中更无耻。"伍建林无奈地笑着说。

"在你老婆孩子的眼里你当然是个圣人，而在我眼里你只是一个穿我破鞋的背叛者。"那个男人掐灭了雪茄，拿出一张纸，"这是交易地点和交易时间，如果做成了我不会再出现，如果毁了，你知道的。"说完那个男人就离开了房间。伍建林在原地发着呆，回想着十八年前的事情。

十八年前，伍建林是他最信任的手下，几乎谁都知道他的名字，黑手，走私第一把手，他的左手常年戴着黑手套，道上说是黑手早期被出卖了然后被当时的老大砍掉了左手所有的手指，后来他当了老大，尤其憎恨背叛和出卖，几乎不相信任何人，每次交易都是亲自出马，直到伍建林的出现。

伍建林是个孤儿，在孤儿院长大，十五岁那年他自己离开了孤儿院，之后一人流浪，什么事情都干过，第一次遇见黑手的时候是黑手当时交易被警察现场捉住，他所有的手下几乎都被现场活捉，而伍建林当时正在码头搬运，救了他一命。后来黑手把伍建林留在身边，伍建林跟了他整整两年，他才完完全全地信任他，让他跟着参与所有走私交易。

伍建林想着想着，门被敲响，他回过神，"哪位？"

"先生，你好，退房时间到了，请问要续住吗？"门外传来服务生的声音，伍建林拿起行李箱然后开门，"不用了，谢谢。"

陈燃送伍姑娘回到家的时候天已经快亮，没几个小时就要上课，伍姑娘蹑手蹑脚地开门进房，然后躺在床上，也忘记了自己是怎么睡着的，第二天闹钟响的时候伍姑娘睡得太沉没有听到，妈妈开了房门想关闹钟，看到躺在床上的女儿吓了一跳。

"小伍，你什么时候回来的？蛋蛋不是说你不回家了吗？"妈妈拉开窗帘看着一脸疲惫的女儿有些担心。

"我昨天半夜回来的，蛋蛋磨牙我睡不着，就自己回来了。"伍姑娘心虚地起床然后开始穿衣服，"你这两天还好吗？"

"我在家里很好啊，就是联系不上你爸，你爸昨天一天没往家里打电话，有些奇怪。"妈妈往厨房走去，然后端着早饭出来，"我刚又打你爸电话，他关机了。"

伍姑娘的妈妈坐在饭桌前，对着洗漱的女儿说。伍姑娘停顿了几秒，"没事的，我估计他太忙了，你别担心。"伍姑娘其实比妈妈还焦虑，她有些自责。

"妈，你和爸爸是怎么在一起的？"伍姑娘记得以前问过很多次这个问题，不管是爸爸还是妈妈都很轻描淡写地带过了两人的相识经历，但是伍姑娘总是觉得他们有很多故事，否则为什么伍建林莫名其妙离开三年母亲都没有恨过他，也许她是知道原因的。

"就是家里人介绍的，互相有好感就这么过来了。"伍姑娘的妈妈眼神闪烁着，但又好像突然想到了什么，皱起了眉头。

"妈，说实话，我觉得爸爸最近有些不太对劲，你们是不是有什么事情瞒着我？"伍姑娘喝了口粥然后试图逼问妈妈。

"哪有什么事情，你别瞎想，你肯定是压力太大了。"妈妈捋了捋头发，有些心不在焉。

吃过早饭，没有睡好觉加上心事重重的伍姑娘骑着自行车上学了，经过第一个路口，遇到了陈燃，两人互相看了一眼，然后陈燃跟在伍姑娘的后面。

两个人之间的默契不一定是朝夕相处，只要一个人能尽可能地去了解和理解对方，所有事情都愿意配合她，那就是一种默契。

蛋蛋早早地到了学校，两天两夜没有联系到伍姑娘，她比任何人都紧张，她的妈妈以为伍姑娘和她在一起，而另一个知情者是能陪在她身边的，唯独自己不清楚任何状况，看到伍姑娘和陈燃进教室的时候，蛋蛋舒了口气，尽管伍姑娘的表情让她明白事情并不顺利。

"你还好吗？"蛋蛋小心翼翼地问了一句，然后看了一眼陈燃，陈燃摇了摇头。

"还好，只是没有见到他。"伍姑娘硬是挤了个笑容，不想让蛋蛋扫心。

"别担心，也许你今天回家发现你爸好好的在家里等你吃饭呢。"蛋蛋是乐天派，不管遇上多大的事情，总是会往好的一方面想。

"嗯，希望是。"伍姑娘记得多年前，父亲那次出差以后就再也没有回来。

因为连续两天的赶路，伍姑娘身体有些吃不消，发了低烧，下午的时候请了假回家休息，没想到的是，真的见到了伍建林，尽管没有改变任何他依旧要离开的事实。

伍姑娘站在家门口正准备拿钥匙开门，听到了母亲大声喊的声音，母亲说话总是轻声细语的，几乎没有大声冲谁喊过。

"他到底要怎么样才肯放过我们？"母亲喊着，带着哭腔。

"你听我说，就三年，三年后什么都和以前一样，你照顾好伍安，

什么都别说，不管她怎么闹，你别告诉她。"伍建林的语气也有
些激动。

"你信不信，有这一次，一定还会有下一次，这一次是你坐牢，下
一次呢？他会不会要你去死？"伍姑娘深吸了口气，原来伍建林的
失踪是因为他坐了牢，伍姑娘拼命地吸着气，感觉自己快要晕倒，
她想过即使伍建林真的出轨了她也愿意原谅他，可是是坐牢，那就
是犯罪，那么他们嘴里说的"他"到底是谁，伍姑娘掏出钥匙想冲
进去问清楚。

"婧，嘘，是我不好，原谅我，一定要等我。等我回来我们离开这里，
伍安那个时候也上了大学，到时候再和她商量，她那么懂事一定会
理解我们。"伍建林大概是抱住了妻子，她不再说话，只剩下抽泣声。
他们没有打算告诉自己事实，这个时候母亲已经脆弱到不行，伍姑
娘告诉自己必须要假装什么都不知道，然后坚强地陪着母亲等父亲
回来，否则母亲一定会崩溃。想到在父亲离开以后，母亲整天抑郁，
有一半原因也是因为自己不懂事，伍姑娘忍住眼泪，然后悄悄地离
开了。

三年就三年，管他什么原因，只要能回来就好。伍姑娘坐在家附近的一个小公园里，回想着父亲过去十八年里对自己的好，还有他和母亲的亲昵，他们之间好像永远是初恋一般，没有任何事情能让他们争得面红耳赤。伍建林的离开最难过的应该是母亲，伍姑娘开始责怪自己当初的反对，自己整整反对了他们十年，如果不是自己，他们早就应该在痛苦地分离了三年后重逢了，而自己偏偏认为伍建林是做了对不起家人的事情而离开。伍姑娘重复地呢喃着，"对不起。"如果回到现实，她第一件事就是和他们道歉。

等到天黑后，伍姑娘才假装没事似的回到家，母亲的眼睛有些红肿，伍姑娘假装没有看见，径直走向房间，"妈，我有点儿累，我先睡了。"伍姑娘不想让妈妈知道自己生病了。

"不吃点东西吗？"妈妈关心地问着，嗓子有点儿哑，换了平时伍姑娘一定冲到妈妈面前看看到底怎么回事。

"不啦，我下课买了个煎饼，饱得不得了，还有一周就考试啦，老师说要保证睡眠！"伍姑娘说完关了房门，然后慢慢地靠着门坐在地上，蜷缩着。门外的母亲再也忍不住抽泣起来。

有时候就是这样，就算有机会去挽回一个人一件事情，我们也把握不住，因为只有经历过了才会有后悔的感觉，在经历以前，你从来不会知道失去是可以让人这么难受的。一个人的力量小到不能再小，只有试图理解过去和释怀，才会不计较。

时间过得非常快，转眼间就到了高考，伍姑娘每天都假装着开心，尽量不去提父亲，母亲在伍姑娘面前也假装什么事情都没有发生，两个人都不去提伍建林，似乎伍建林的消失成了两个人心底里的秘密，彼此都知道这个名字是对方的软肋。

凭着记忆，伍姑娘参加完了高考，但因为时间过去太久，很多题早已忘记解法，最终高考成绩依旧和以前一样，没有考上自己想上的学校，但对伍姑娘来说，那变得一点都不重要，原来你曾以为是生命里最重要的事情再经历一遍时却能变得像是别人的事情一样。

我 以 为 的 再 见 就 是 再 也 不 见

4 / 7

——

年轻的时候总觉得等以后成熟一些，条件好一些，总有机会能重新来一遍。

高考结束后，伍姑娘变得突然闲下来，她特别害怕单独在家里面对母亲，因为不管怎么假装，家里到处都会有伍建林的影子，于是伍姑娘决定去旅行，和蛋蛋商量之后，两人立刻开始着手准备。

他们选择了去西藏，那个离天空最近的地方，蛋蛋和叶恺，伍姑娘和陈燃。伍姑娘记得高考结束不到两周，蛋蛋就告诉自己要出国了，掐指一算，旅行回来她就要走了，伍姑娘已经分辨不出到底自己的行为会不会改变过去的事情了。确实有很多事情都是伍姑娘以前没经历过不知道的，但是最后的结局似乎都注定无法改变。

一路上所有事情都很顺利，顺利到伍姑娘觉得自己再次开始做梦，虽然偶尔会心事重重担心着旅途中会发生什么，但其他人都默认伍姑娘是因为她父亲的消失而难过，只有伍姑娘自己知道她释怀了那件事情，而她现在担心的是蛋蛋。

在离开西藏的前一晚，四个人围坐在一起玩着真心话大冒险，好像不管是哪个年代，大家都爱玩这个令人心跳的游戏。

"终于轮到你了。"酒瓶转到叶恺的方向，蛋蛋期待地喊着，"你选真心话还是大冒险。"

叶恺看着坏笑的蛋蛋，"大冒险。"本来一脸期待问真心话的蛋蛋突然有些脸红。

蛋蛋从桌下用脚轻轻地踢了下伍姑娘，伍姑娘瞬间明白，玩这个游戏是蛋蛋事先想好的，如果轮到叶恺说真心话，问题都由蛋蛋自己问，如果是大冒险，就让伍姑娘提。

"那叶老师，你就亲蛋蛋一分钟……"伍姑娘脱口而出，让一旁的陈燃吃了一惊。蛋蛋低头偷笑着，叶恺一脸知道一定是蛋蛋提的要求地看着蛋蛋，然后搂过蛋蛋开始亲起来。陈燃有些不好意思，看了一眼伍姑娘然后看向别处。

此刻的蛋蛋是幸福的，只有在学生时代的时候才有精力花这些幼稚的小心思去下套。

这一轮结束后酒瓶转向了陈燃，蛋蛋一直知道陈燃喜欢伍姑娘，也知道如果没有家里的事情伍姑娘也许会分神到陈燃身上，以前每次看到陈燃走近，伍姑娘都会紧张地抿嘴。蛋蛋清了清嗓，"陈燃，你要选真心话呢还是大冒险呢？"然后挑了挑眉看了看伍姑娘。

陈燃回想到刚刚的大冒险有些不好意思，"真心话吧。"

蛋蛋想了一下，然后凑到叶恺的耳边两人商量着，伍姑娘有些紧张，心跳快了几倍，她不希望再发生和知道什么以前不知道的事情。

"好，那我问你啊，你到底打算什么时候表白伍安？"蛋蛋问道。

伍姑娘抿了抿嘴，白了一眼蛋蛋。

陈燃看了一眼尴尬的伍姑娘，"我……没想好。"陈燃其实真的没有想过到底什么时候表白，他知道伍姑娘没有心情去谈这些事情，他始终想着陪着就好。

"你终于承认你喜欢伍安啦！哈哈哈哈。"蛋蛋高兴得好像是自己被表白了一样，"我问你，你是不是高一下半学期就喜欢上我们家伍安了！我早就看出来了，你真的是要急死我了。每次送东西还假装先给我，我都怕伍安恨我。"蛋蛋喝了口啤酒然后咳嗽了一下，这次大概是蛋蛋第二次喝超过一杯量的啤酒。伍姑娘从桌下拉住蛋蛋，暗示她不要再说了。

"哎，没事，我们都成年了，又不是要干吗，表白而已，要不要在一起还是你说了算。"蛋蛋对着伍姑娘眨了眨眼睛，伍姑娘做了个鬼脸。

那个晚上两个姑娘喝得都有点多，陈燃和叶恺把她们扶进房间后又小酌了几杯。

"伍安的事情蛋蛋和我说了一些，她还好吗？"叶恺问道。

"她不太好，她总是这样，抿嘴的频率证明了她不太好。"陈燃苦笑，"冒昧地问，那你和蛋蛋呢，以后打算……"

"看她被哪个学校录取吧，我准备好去面试。"叶恺虽然是老师，但他也不过是个二十四岁的大男孩，也依旧会做一些疯狂的浪漫的事情。"你呢？我觉得伍安对你挺有好感的，但你不主动。"

"我不想让她为难，她喜欢顺其自然，不喜欢任何人逼她做决定。"陈燃的话让叶恺觉得他不是个十八岁的学生，"我们都还年轻，所以不着急，等她准备好再说。"

陈燃不知道所有人在十几岁的时候都觉得时间总是够用的，而意识到错过的时候总是在忽然之间，本以为时间还够用的那段岁月里。

第二天，四个人背着大包小包坐上了回程的火车。伍姑娘想着如果蛋蛋也有三次后悔的权利，以她的性格一定会选择这次不会再回家，宁愿和叶恺流浪在西藏。

回家后的第二天，伍姑娘就接到了蛋蛋的电话，蛋蛋在电话里哭着说："他们瞒着我帮我办了出国留学手续，之前他们和我说我以为他们开玩笑的，他们早知道我和叶恺的关系，还调查过他。"蛋蛋哭得更急了。伍姑娘抿了抿嘴，大概是因为自己早知道结果却没有告诉蛋蛋觉得有些自责。

"我不想出国，伍安。"蛋蛋在电话那头哽咽着，"我想嫁给叶恺的。"伍姑娘听着听着也哭了，"伍安，你告诉我我该怎么办。"

伍姑娘也不知道怎么办，她早就知道结果，人最无力的事情就是明知道结果却还要想办法去努力改变结果，这样的努力只会增加知道结果后的痛苦。

"你和叶恺说过吗？"伍姑娘小心地问。

"我不知道怎么说，你都没看到我爸妈坚决的态度，我爸从来没对我吼过。"蛋蛋哭了很久，大概有些累了，后面说话的语气有些冷静。

"他也许会帮你想办法，毕竟他比你大六岁……"伍姑娘抿了抿嘴，说着明知道无法改变结果的解决办法，但对蛋蛋来说，那像是救命稻草，不管这个时候别人提什么意见，她都会试试看。

"好！那我不说了。"蛋蛋迅速挂掉了电话，应该是去和叶恺联系了。伍姑娘听着电话挂掉的嘟嘟声，有点走神，过了一会儿，她摁了一下电话键，拨了那个熟悉的电话号码，没想到伍建林的电话竟然是通的，过去了三个礼拜了，他的电话竟然是通的，"喂？"传来一个中年男人的声音，伍姑娘激动得立马哽咽，"爸！"尽管对方的声音有些陌生，但伍姑娘依旧认为接起伍建林电话的是自己的爸爸。

黑手在电话另一端愣了两秒，冷笑了一下，"打错了。"然后他挂了电话。

伍姑娘挂掉电话发了几秒呆，然后开始大哭，"伍建林，你个浑蛋！"门外的妈妈手拿着钥匙悬在半空中，回想着那天伍建林告别的画面。

"婧，你听我说一件事，答应我，不要激动。"伍建林点燃一根烟，看着自己的妻子。

"什么？神神秘秘的，你最近有点不对劲哦，连小伍都和我告状了。"婧拿着一杯水坐下。

伍建林用力地抽了一口烟，然后深呼了口气，"黑手回来了。"

婧拿着杯子的手抖了一下，然后咬了一下嘴唇，不说话。

"之前出差我是去见他的。"伍建林不敢抬头看婧，"是我不好，我不应该答应他去做那次交易。"伍建林掐灭烟头闭上了眼睛。

婧抬头看着伍建林，眼睛里有些愤怒的红血丝，"交易？你又做了？"

"对不起，我不得不做。"伍建林握紧拳头。

婧闭上眼睛摇了摇头，"他是不是拿伍安威胁你？"

"嗯。"伍建林又拿起一支烟，"她马上高考了，她不能知道这件事，就算知道也应该等她真正成年独立以后。"

婧生气地喘着气，不说话，伍建林看了一眼不说话的婧，他知道这是她生气到极致的表现，"对不起，婧，我搞砸了。"

"什么意思？"婧转过头盯着伍建林，她知道如果一切顺利他不会和她说。

"我在交易的那一刻后悔了，我自首了，可是……我依然要负法律责任。"

"他到底要怎么样才肯放过我们？！"婧大喊道。

"你听我说，就三年，三年后什么都和以前一样，你照顾好伍安，什么都别说，不管她怎么闹，你别告诉她。"伍建林冲上前抱住婧。

"你信不信，有这一次，一定还会有下一次，这一次是你坐牢，下一次呢？他会不会要你去死？"婧大喊着。

"婧，嘘，是我不好，原谅我，一定要等我。等我回来我们离开这里，伍安那个时候也上了大学，到时候再和她商量，她那么懂事一定会理解我们。"伍建林用力抱住情绪已经无法控制的妻子。

"他不会放过我们的，他说要等伍安长大后亲口告诉她谁是她的爸爸，他说不会让我们好过的。怎么办？怎么办？"婧不停地念叨着。

"伍安一定能理解的，相信我，她比任何孩子都懂事。"伍建林紧闭着眼睛回想着当时不顾一切和婧私奔的画面，曾经多次后悔自己让婧心里承受这种担惊受怕，但是日子一天一天过去，看着伍安长大和婧满足的表情，他心底的内疚也慢慢消失。

伍姑娘的妈妈咬着嘴唇，擦掉眼角的湿润，正准备开门，伍姑娘打开了门，两双红肿的眼睛互相看着，伍姑娘看到母亲憔悴的脸，再也忍不住抱了上去。

"妈，对不起，我好想他，真的好想，他忘了等我考试结束要带我们去旅行，他忘了每年他生日要去拍一张全家福，他忘了我们的零食小仓库早已清空……"伍姑娘一边哭一边念叨着，妈妈的眼泪无声地掉着，伍安那么爱伍建林，她要是知道她不是他亲生的，应该会更绝望。

每个人对自己最亲的那个人都藏着一个秘密，一个真的会改变一切的秘密，不要去好奇，不要去逼问，你再懂事也不一定能理解。

高考分数出来的那天，蛋蛋约了伍姑娘还有叶恺和陈燃去了酒吧，这是除了叶恺以外的三个人第一次去酒吧，蛋蛋说，她出国的事实没有办法被改变，她说她妈闹到要吞安眠药，她还说叶恺没有想到任何办法去挽回他们的感情，但是她理解叶恺，她知道叶恺是怕因为他的固执挽回而毁了她和父母的感情。

可是谁又知道呢，每个人总是能为自己爱的人找到说服自己的借口。蛋蛋举起酒杯，大笑着说："祝我一切顺利！"伍姑娘抿了抿嘴，看着眼前这个早熟懂事的蛋蛋有些心疼。

蛋蛋喝得大醉，哭着抱着叶恺说了很多话，叶恺一声不语只是用力地抱着蛋蛋，不管他们以后能不能在一起，但此刻至少他们很爱对方。
"我再过半个月走，那天你们都要来送我。伍安，听到没有！陈燃！

还有你，叶恺，你要给我准备礼物！分手礼物。"蛋蛋离开叶恺的
怀抱然后大声说。

"会的，我们都会准备礼物的。"伍姑娘摸了摸蛋蛋的肩，"你喝多了，
要不要先回去？"

"不要，我才不要回家！那个家太可怕了！"蛋蛋拿起桌上的酒，"伍
安，你知不知道，我爸学你爸搞婚外情！"伍姑娘紧紧闭着唇，不说话，
气氛有些尴尬，在别人眼里，伍建林的失踪原因大概就是这样的吧。

"他们要离婚，嫌我是累赘才把我送出国的。"蛋蛋喝完酒瓶里的
最后一口酒。叶恺把蛋蛋拉到怀里轻声说："要不要先送你回去？"
"不要！我今天不要回家，我去你那边，我要住你家。"蛋蛋看着
叶恺认真地说，"走，我们现在就走。"蛋蛋起身拿起包准备往外走。

伍姑娘坐在原地没有说话，蛋蛋看了一眼伍姑娘，"伍安，你别难过，
男欢女爱很正常的，你爸就是爱上别人了，我以后也会爱上别人的，
理解万岁。"伍姑娘抬头尴尬地笑了笑，然后点头。

"理解的，你回去好好休息。"伍姑娘说。

"嗯，我走啦。"蛋蛋弯腰抱了抱伍姑娘，叶恺抱歉地和伍姑娘笑了笑，然后和陈燃道了别扶着蛋蛋离开了酒吧。

"你没事吧。"陈燃递了杯果汁给伍姑娘，看着低头不语的伍姑娘。

"当然没事，正常人都会那么认为，但我知道我爸是什么样的人。"伍姑娘没有喝果汁而是拿起没喝完的酒，"干杯。"

陈燃也拿起酒瓶，"干杯。"

伍姑娘和陈燃喝完酒已经是半夜，"你可不可以陪我走回家？"伍姑娘和陈燃走出酒吧，伍姑娘突然停下脚步说。

"当然。"夜色下陈燃的笑很暖，他走在伍姑娘的身后，伍姑娘低头不语。

"陈燃，你有什么秘密可以和我交换吗？"伍姑娘停顿了几秒。

"我好像没什么秘密。"陈燃对伍姑娘唯一的秘密就是从高一下半学期就开始暗恋她。

"我有个秘密，你愿不愿意帮我保守？"伍姑娘放慢了脚步，慢慢和陈燃并排走。

"嗯。"陈燃看着伍姑娘的侧脸。

"我爸没有爱上别的女人，他入狱了。"伍姑娘低声说着，不确定陈燃听到这些事情会是什么反应，陈燃听完停了一秒然后又立刻跟上伍姑娘。

"对别人来说这一定是很丢人的事情吧。可是我一点儿都不觉得，我依旧很爱他，不管他做了什么事情，我相信他都是为了我和我妈好。"伍姑娘低头说着，每说完一句就抿抿嘴。

"你去看过他吗？"陈燃问。伍姑娘转头看着陈燃，"我可以吗？他甚至都不想让我知道。"

"他是怕你恨他吧。"陈燃说，"也许比起让你知道事实还不如瞒
着你让他心里好过点，在他心里你还是个孩子，他没办法想象你的
包容度。"

纵使伍姑娘比他们多活了很多年，多经历了很多事，可是蛋蛋和陈
燃的早熟依然让她有些惊讶，成年以后的我们总是自以为多经历了
一点就可以低估以前的我们的情商。

"我不知道去哪里看他。"伍姑娘有些沮丧，"我想亲口告诉他，
我爱他。"

"我帮你去问问吧，我爸有些公安局的关系，或许有可能。"陈燃
的话让伍姑娘有些希望。

"会不会让你为难，你爸如果知道你和罪犯的女儿做朋友会责怪你
吗？"伍姑娘抿了抿嘴，陈燃看出了她其实还是会因为父亲的事情
有些自卑的神情，否则她怎么会连最信任的蛋蛋也没有说。

"放心吧，别多想。"陈燃依旧很温暖，"他们是成年人，如果连一个孩子想见爸爸的心情都无法体谅，那也枉我崇拜他那么多年。"

夜色下，陈燃的侧颜被折射得棱角分明，此时此刻陈燃似乎是伍姑娘所有的安全感来源。

最 动 人 的 时 光， 未 必 地 老 天 荒

5/7

——

我爱你，所以你所有不够爱的表现我都可以替你找到借口；我不爱
你了，所以我觉得你很没用，你甚至都没办法把我留下。后一句是
我替你找的借口。

伍姑娘做了一个梦，梦里面她又回到了现实，她在医院里迷路了，
怎么都找不到父亲的病房，她一间间地推开，看到了正在被喂食的
小男孩，看到了因为受不了病痛折磨而嘶吼的男人，看到了因为生
病而憔悴不堪的年轻女孩，看到了安静地趴在老伴床前的老奶奶……
却始终找不到父亲，伍姑娘挣扎着，一边叫着"爸"。然后听见前
方病房里的呼叫铃声，后面四五个医生护士急匆匆地往传来铃声的
方向跑去，伍姑娘也跟在后面跑着，然后猛然惊醒，门外的电话铃
响着。

"蛋蛋啊，你怎么好久没来阿姨家啦，最近怎么样？"伍姑娘的妈妈接起电话，"小伍还在睡呢！"妈妈说着伍姑娘开了房门，然后走到妈妈的身边，妈妈把话筒递给伍姑娘。

"喂，是我。"伍姑娘接起电话。

"我后天下午一点半的飞机。"蛋蛋沉默了几秒，然后深呼了口气，"伍安，你可不可以帮我和叶恺说一下，让他别来送我了。我怕……"

伍姑娘两眼放空地看着地上，抿了抿嘴，一旁的妈妈看到女儿一声不语，关心地走来拍了拍她的背，伍姑娘抬头看了眼母亲，这个季节，好像总是在失去和道别。

"嗯，我想想办法，但不一定拦得住。"伍姑娘安慰着蛋蛋，心里却清楚地知道自己说不出这么残忍的话。

挂掉电话后，伍姑娘和妈妈微笑了一下表示让她放心，妈妈却好像什么都知道的神情，"不要勉强自己做不擅长的事情，没有人可以替代任何人去做决定的。"

伍姑娘抿了抿嘴，"你都知道了？"

"知道一些，蛋蛋的妈妈打过电话给我，让我和你一起劝劝蛋蛋。"妈妈走向厨房端出早餐，"蛋蛋那个丫头挺早熟的，她清楚自己在做什么，况且她不是妥协了出国这件事么？"

"可是蛋蛋和叶老师不是闹着玩的谈恋爱。"伍姑娘说，"叶老师对她很好，蛋蛋刚刚打电话来说她后天就要走，还让我帮她阻止叶老师送她，我觉得太残忍了，但是亲眼看着蛋蛋走好像更残忍。"伍姑娘看着低头不语的妈妈，想到了妈妈也是亲眼送父亲走的。

"不送的话应该会留下遗憾吧。"妈妈看着伍姑娘微笑着说，"他们应该还没来得及好好道别。"

伍姑娘想着之前看过的一篇关于人总是会忘记和最亲近的人好好道别，因为总以为还会相见，然后决定什么都不做。

蛋蛋走的那天天气很晴朗，晴朗到残忍，这么好的阳光和所有人的心情一点也不搭，反而让人觉得烦躁。陈燃叫了车到伍姑娘家楼下接了她，然后赶去机场。

"陈燃，你联系过叶老师吗？"伍姑娘抿了抿嘴问。

"嗯，昨天打过电话，他没多说什么。"陈燃低声回答。

"希望蛋蛋不要怪我。"伍姑娘呢喃着，然后看向窗外。

到机场的时候，叶恺正靠在门外抽烟，大厅里正播报着前往英国的航班开始登机，叶恺夹着烟的手悬在空中几秒，他紧闭眼睛，然后回头看了一眼落地窗里的人群，扔掉烟头后，叶恺回头打算离开，伍姑娘和陈燃急忙拉住了他，"你就这么走？"陈燃盯着叶恺问。

叶恺停下脚步，"我没有任何办法。"

"道个别吧，也许以后没机会见了。"伍姑娘说，然后焦急地看着机场内，寻找着蛋蛋的身影，然后看到蛋蛋从人群中疯狂地跑向他们所在的方向。

伍姑娘给了一个眼神，示意让叶恺看蛋蛋那个方向，叶恺看到奔跑过来的蛋蛋也转身跑了过去，两个人就这样，在人群里用力地抱在一起，明明抱得很紧，却还是不停地在用力，伍姑娘没有听到他们互相说的话，只是看到蛋蛋踮着脚靠在叶恺的耳边低声说着，然后低下头开始哭，叶恺捧着她的脸，帮她擦掉眼泪，再用力地抱住她。

另一边蛋蛋的妈妈在大厅里大喊着蛋蛋的名字，伍姑娘和陈燃互相看了一眼走了进去，拦住了蛋蛋的妈妈，"阿姨，求求你给他们三分钟吧，就三分钟，就算是陌生人，也需要好好说声再见，何况……他们真的只是道别而已。"伍姑娘握住蛋蛋妈妈的手。

"伍安，你们还小，以后你们就知道现在做的事情说的话有多幼稚了。"蛋蛋的妈妈激动地说，一边说一边往外看，直到看到落着泪独自从门口走进来的蛋蛋，蛋蛋妈妈跑到蛋蛋的面前，摇了摇头，然后拉起女儿的手快速走向安检口。

那天以后，叶恺好像是彻底从他们的圈子中消失了，伍姑娘只记得蛋蛋有次在来信中提到他好像是去了她原本考上的那所大学教书了。

有时候真的希望所有人的初恋都特别轰轰烈烈，以后恋爱才会甘于平凡。

高考结束后的生活比想象中还要单调和寂寞，有时候梦到又回到考试现场，梦里的恐惧感在醒来那一瞬间竟然有些难过，舍不得的那种难过。

陈燃每天都会打一通电话给伍姑娘，聊一下关于他探望父亲的进度，或者聊聊他们对大学的憧憬，伍姑娘的妈妈发呆的次数也越来越多，尤其是下雨天，她可以看着窗外一整天，什么都不做，伍姑娘心里都清楚，很多事情劝也劝不来。偶尔走近母亲，发现她的白头发又多了些，那天下午在门口听到的那些话她偶尔会想起，偶尔也会去猜想到底是什么原因。

那天晚上，陈燃约了伍姑娘吃夜宵，因为时间太晚没有公车，两人索性散起了步。

"伍安，你以后打算做什么？"陈燃问。

"想开个小餐厅，只做自己喜欢吃的东西，做给喜欢吃我做的东西的人吃。"伍姑娘直到现在也想开个餐厅。

"我想当个摄影师。"陈燃抬头看着天空说，陈燃偶尔在周末会带着一部老胶片机去拍照。

"摄影师？嗯，不错，以后我们家的菜单你帮我拍。"伍姑娘回头看着陈燃微笑。

"好，终身免费。"陈燃也微笑着，"你想不想看我拍了些什么？"陈燃试探着低声问道。

伍姑娘抿了抿嘴，"想啊，你平时都拍些什么？我觉得可以做个相册当毕业礼物送我。"

"你着急回家吗？"陈燃问道，"不着急的话我带你去我的秘密基地。"陈燃有些神秘地说，伍姑娘看着一脸期待的陈燃有些不忍心拒绝。

"不着急。"伍姑娘说。

陈燃拦了一辆车带着伍姑娘前往自己的秘密基地，目的地在一个小巷子里，周围都是复古的旧楼，在 2016 年的现在早已被拆光，伍姑娘认真地看着周围，没有注意到脚下横着的建筑材料，"小心。"陈燃拉过伍姑娘，伍姑娘一个趔趄靠在陈燃的身上，然后立刻退后，"谢谢。"

走到巷子的最里面，陈燃停下，掏出钥匙，打开门，在出口的墙上摸着开关，打开灯，伍姑娘有些惊呆，这是一间小小的洗胶片房，房间里晾着一些洗好的照片，还有一面墙上挂着一些没有洗的胶片，密密麻麻，有几百张。伍姑娘回头看了一眼陈燃，陈燃笑着说："我都是瞎拍的，都是些老人啊孩子啊情侣啊，还有很多猫，我不太爱拍风景，希望你不要觉得无趣。"陈燃拿起桌上的一本相册翻着，伍姑娘走到陈燃旁边看着他手里的照片，陈燃偷瞄着伍姑娘的反应，有些紧张，伍姑娘看得很认真。

"那些胶片为什么没有洗？"伍姑娘看完了陈燃手里的相册，然后看了一眼四周，最后眼神停留在那几排长长短短的挂着的胶片上，然后慢慢靠近，陈燃心跳加快站在原地。伍姑娘轻轻拿起一张胶片然后对着光看着里面的影像，有些眼熟的身影，伍姑娘的脸慢慢开始红，然后又拿起旁边的胶片，依旧是自己，伍姑娘抿了抿嘴不知道该说什么。

"伍安，等你到了可以恋爱的年纪，你可不可以考虑一下我？"陈燃握紧双手紧张地问，语气里带着恳求。

伍姑娘背对着陈燃，心里想着当然会，可是那又能怎样，他们的结局就是不能在一起，因为从前自己的生活里从没有过这一段感情，不知道多年以前是怎么被扼杀的，但是不管发展到哪一步，故事的结局就是没有结局。

伍姑娘抿了抿嘴，"也许吧。"伍姑娘是喜欢陈燃的，直接拒绝对她和陈燃都有些残忍，不如保留一点希望。

"如果不是蛋蛋的事情，我也许早和你表白了，我怕你爸妈也会像她爸妈那样反对让你为难。"陈燃慢慢地靠近伍姑娘。

"陈燃，我现在没有办法去想这些事情。"伍姑娘突然转身，看着陈燃，陈燃的眼里瞬间布满失落。

"我知道，我没有想过现在要你给回复，我就是想陪着你而已，想让你知道如果你有需要可不可以第一个想到我，你知道的，不管什么时候不管在哪里我都会想办法出现在你的面前。"陈燃停在伍姑娘半米远的距离，"不管能不能帮上忙，能知道你正在经历什么至少会安心些。"

"我都知道，谢谢你，陈燃，你做的所有事情我都知道。"伍姑娘看着陈燃，"我的青春里要感谢两个人，蛋蛋和你。蛋蛋教会我尽力去爱和尽量不要去恨，你教会我做任何事情要有耐心，耐心去等，耐心去喜欢。"伍姑娘回头看了一眼胶片，"这些可以洗一份给我吗？"

"嗯，当然，这些都是你的。"陈燃笑着说，"我……可不可以抱抱你。"陈燃深呼一口气开口，"每次看到你抿嘴的时候都特别想抱你，我知道那个时候你开始没有安全感。"

伍姑娘看着一脸认真的陈燃，不知道多年以前的陈燃是怎么按捺自己的情感的，她有些心疼地往前一步主动环抱住陈燃的腰，陈燃慢慢抬起手抱住伍姑娘，他比她高一个头，身上有好闻的阳光和香皂的味道，记忆里，从来没有和身上味道如此单纯干净的男人抱过，伍姑娘闭上眼睛享受着这个单纯的没有结果的拥抱。

等 一 个 正 在 到 来 的 晴 天

6 / 7

———

"很久很久以前，

有个人爱你很久。"

伍姑娘每天醒来第一件做的事情就是计算自己还有多少天可以回到 2016 年，离开那个时空已经快九个月，不知道那个时空的自己现在过得怎么样，也不知道伍建林有没有好转，更不知道任信、九先生、大 K 还有陈燃都怎么样。

陈燃平时一般都是下午三四点打电话，今天的电话来得特别早，伍姑娘隐约感觉到父亲的事情有了进展。

"有一个坏消息和一个好消息，你选？"陈燃神秘地说。

"先说好消息，好消息的欣喜说不定能冲淡一些得知坏消息的情绪。"伍姑娘冷静地说。

"找到你的父亲了。"陈燃很高兴，甚至比伍姑娘还要高兴，"可是，他在安徽，而且他的探监名单里面没有填任何人的名字……也就意味着你可能没办法去……"

伍姑娘深吸了口气，转身看了一眼同样在看自己的母亲，也许母亲比自己更想看到他，也许她早就知道她在三年内都无法见到他。

"没有任何办法吗？"伍姑娘甚至有些绝望。

"嗯。"陈燃其实早在一周前就知道了，他一直在四处问有没有办法可以让伍安去见伍建林，然而确实没有办法。

"Can u do me a favor again？"伍姑娘偷瞄了母亲一眼，"I want to go to the city where he is, can you stay with me？"伍姑娘想在离开这个时空前再靠近父亲一次，就算没有见到也没有关系。

"Sure."陈燃低声回答。

挂掉电话后，伍姑娘有些心虚，抿了抿嘴坐在沙发上。母亲走过来，
"怎么了？"母亲当然看出了女儿有心事。

"没事，是蛋蛋，她去了英国还讲起了英文。"伍姑娘喝了口水说，
"对了，下周我和几个同学去一次安徽，当作是毕业旅行。"

"真的没事吗？"母亲知道女儿是故意不说那通电话里的事，但是
又不敢多问，生怕两人再陷入对伍建林的痛苦思念，只要不点破，
至少一切看起来都算正常。

"真没事，我能有什么事？我都是大学生了，放心吧。"伍姑娘靠
着母亲的肩，撒着娇，已经好久好久没有这样安心地靠着母亲了，
以前伍建林在的时候，一家人总是会有这些亲昵的动作，伍建林几
乎每天都会抱母亲，她都快对这种肢体接触陌生了，母亲闭上眼睛
伸出手缓缓摸着伍安的头发。

"我对你很放心，就是希望有事别瞒着我，我不会像蛋蛋的妈妈那样强势，但我和她一样，都希望你不要受伤害。"母亲温柔地说着，伍姑娘在母亲的怀里点点头。

去安徽的那天下着细雨，伍姑娘简单地收拾了一套换洗的衣服就出门了，陈燃应该会是个好对象，每次约会他总是早到，而且每次都会准备好吃的，看到伍姑娘撑着伞走来，陈燃走上前去接了她。

伍姑娘的状态比想象中的好很多，陈燃稍微松了口气，本来以为伍姑娘知道消息后会歇斯底里。伍姑娘在火车上补了个觉，安徽不算远，三个多小时就到了，伍姑娘醒来的时候也差不多快到了，因为下过雨，窗外的城市都被洗得特别干净，加上一些没散开的雾，像是加了一层滤镜一样美，可惜那个时候没有智能手机，否则全车厢的人这个时候应该都对着窗外拍照。

伍姑娘看得有些入迷，陈燃拿出相机拍了一张她的侧颜，虽然被拒绝，但伍安依旧是他镜头下最想拍的姑娘。

伍建林所在的监狱在离火车站很远很远的地方，他们换了几辆巴士，还需要一段距离才能到达目的地，最后他们租了一辆摩托车，伍姑娘坐在司机的后面，陈燃坐在伍姑娘的后面，因为位置不大，伍姑娘和陈燃贴得很近，伍姑娘能感觉到陈燃的每一次呼吸。大概是因为下雨，天暗得特别早，抬头一看，全是乌云，没过多久，又下起了小雨。司机停下车，"你们有雨衣吗？雨越下越大了，我估计还有半个小时能到。"司机找了一下后座的备用箱，发现没有雨衣。陈燃从背包里拿出两件雨衣，"我只带了两件，你们两个穿吧，反正我坐在最后面也淋不到什么雨。"

伍姑娘接过一件，然后打开，想起上小学伍建林在下雨天骑自行车送她上学的时候，她坐在后座躲进雨衣，什么也看不到，只能看到父亲的背还有两只用力蹬脚踏板的脚一上一下，虽然很闷，但那个小空间在那个时候对伍姑娘来说就是安全感，"师傅，你穿一件，陈燃，我们穿一件。"说完，伍姑娘把雨衣递还给陈燃，"你穿上，我坐你后面，我躲你后面就行，这样大家都不淋雨。"

雨突然又下大了一些，陈燃接过雨衣然后穿上，司机已经穿完正发动着摩托车，陈燃坐上车，伍姑娘也跟着坐上然后掀起雨衣躲了进去。和小时候的感觉不一样，这件雨衣对于两个成年人来说有些小，雨衣将两个人包裹得紧紧的，不过也好，风再大，雨衣也不会被吹飘起来。

监狱是靠近山脚下的，有一段路不是很好走，也没有路灯，气氛很压抑，伍姑娘不自觉地靠近了陈燃，不管什么年纪的姑娘在荒山野岭也都会害怕。摩托车司机送完他们之后就离开了，他们完全没有想过等下要怎么回去。

伍姑娘撑起伞然后在高出自己身高好几倍的墙门前徘徊了几圈，门外也没有一个人，监狱就是那么冰冷，每一块砖瓦都透露着绝情和冰冷的气味，伍姑娘突然觉得特别冷，打了个寒战。

"好像真的没有任何办法。"伍姑娘的声音很小，她是说给自己听的。陈燃从包里拿出一件外套给伍姑娘披上，"现在应该过了探监的时间，如果你想再努力一下，我们明天再来？"

伍姑娘抿了抿嘴，点点头，"他怎么会不想见我们呢？"

"应该是不想让你们看见他不好的样子。"陈燃伸出手，发现雨已经停了，"父亲当然想让你们看到他最坚强的一面。"然后收起伞。

伍姑娘突然抬起陈燃的手看了一下表，然后又看了下四周，"完蛋了，我们好像回不去了。"

陈燃看着焦急的伍姑娘，其实刚下火车他就想说明天一早再去，但是伍姑娘肯定等不了。

"没有手机真的太不方便了。"伍姑娘再次感激智能手机和各种打车软件的发明，"我们沿来的路走吧，也许会有车经过。"

"嗯，大概一公里处有个公交站，早班车应该是六点，但晚上结束得早，因为这儿晚上也不接受来访。"陈燃记得前面来的时候看到一个公交站，看了一下手表，九点半。

"不好意思，都是因为我。"伍姑娘抿了抿嘴，有些抱歉，如果不是自己，陈燃这个时候应该躺在家里的沙发上，看书或者看电视。

"傻瓜，有什么不好意思的，如果不是你，我的生活会很无聊。"

陈燃伸了个懒腰，然后脱下书包，从包里拿出一个手电筒，还有一些零食。"我也不知道带了些什么出来，电影里看到的。"陈燃怕伍安觉得自己婆妈，解释道。

伍姑娘抿嘴一下，在这个什么都不方便，什么都没有的年代，陈燃简直是像上帝一样照顾着自己。

因为下过雨，地上坑坑洼洼，陈燃的球鞋和伍姑娘的凉鞋都脏了，"要不要背你？"陈燃转过身，看到伍姑娘的脚全部湿了。

"啊，不用，应该快到了吧。"伍姑娘抿了抿嘴，喝了口水，觉得有些头晕，可能前面淋了点小雨，加上摩托车开得快吹了冷风。

"你没事吧。"陈燃走近伍姑娘，看到她的脸有些红，然后伸出手心贴近伍姑娘的额头，另一只手背放在自己的额头，"你有些低烧，我背你。"陈燃把书包脱下然后背在前面后蹲下，回头示意伍姑娘上他的背。

"真的不用，这路不好走，不要累到两个人都生病。"伍姑娘有些不好意思，除了父亲伍建林，没有任何男人背过他。

"如果不是家里人要求，我应该算半个体育生，放心吧。"陈燃的语气让伍姑娘想不出任何拒绝的话，她乖乖地爬上了他的背。陈燃的背很宽，像小时候那个和自己分享一件雨衣的伍建林一样，温暖结实，好像会说话一样，伍姑娘居然就这样睡着了。

陈燃背着伍姑娘整整半个小时，略有凉意的夜晚陈燃出了汗，陈燃蹲下慢慢放伍姑娘下来，然后转身扶住她，伍姑娘醒了过来，看着满头大汗的陈燃，心里很过意不去，然后从包里掏出纸巾帮他擦了汗，伍姑娘的靠近让陈燃红了脸。然后两个人坐在车站的休息位，没有说话。陈燃时不时地探着头希望碰运气有辆车会经过，伍姑娘穿着陈燃的外套靠着一根柱子，紧抱住自己，没过多久，伍姑娘又睡了过去，陈燃开始担心伍姑娘的身体。终于远处有处光越来越近，是一辆货车，陈燃激动地站到马路中间，挥舞着自己手里的灯，货车停了下来，有个大胡子的中年男人探出头。

"你好，请问能把我们带到有旅馆的地方吗？"陈燃走到货车边，靠近大胡子男，大胡子男上下打量着陈燃和一旁被吵醒的伍姑娘，犹豫了几秒钟，回头和旁边的另外一个男人说了几句话，"你们是本地人？"

"不是，我们是外地的，过来看亲戚，没提前联系好，迷路了。"陈燃说。"看你们的打扮是学生？"大胡子继续问，然后看了一眼四周。

"嗯，高中生。"陈燃知道对方对他们是有戒备的，年纪越往小说越让对方放心。大胡子又回头和那个男人说了几句话，那个男人侧身看了一眼陈燃，然后点了点头。

"但你们只能坐车厢了，前面没有位子。"大胡子下车打开车厢门，陈燃回头拿起包扶着伍姑娘上了车，经过前座的时候看了一眼车里的男人，那个男人的左手戴着黑手套，伍姑娘有些好奇这么热的天怎么还有人戴手套，那个男人回头看了一眼伍姑娘，眼神有些凶，伍姑娘抿了抿嘴，回了一个微笑。

车厢里很黑，什么都看不见，有一些木质的箱子整齐地堆着，两人靠着箱子坐了下来，"谢谢你们。"陈燃看着大胡子说，大胡子看了一眼箱子，然后点了点头关上了门。

"我觉得他们不像好人。"等车发动以后，伍姑娘悄悄地和陈燃说。

"但应该不会伤害我们，我俩没什么利用价值。"陈燃从包里掏着
什么。

"那个车里的男人这么热的天还戴着手套……怎么说呢……有点像
杀手……"伍姑娘开始紧张，心想着会不会在这个年纪被卖掉，虽
然自己过两周就要回到 2016 年，那陈燃呢。

"放心吧，有我在。"陈燃竟然从包里拿出了几粒药，"这个是退烧药，
本来以为自己想多了，不打算带的，结果找了一下，居然还真带了
两粒，吃完睡一觉就好了。"

伍姑娘点了点头乖乖地吃了药。也不知道过了多久，车厢门被打开，
陈燃和伍姑娘醒了过来，"到了，只能带你们到这里了，我们要走
另外一条高速路。"大胡子说。

陈燃扶着伍姑娘下了车，看到周围虽然黑灯瞎火，但还有一两家酒

店的灯亮着，伍姑娘悄悄地松了口气，陈燃拍了拍伍姑娘的背，两人相视一笑。

"谢谢你们，这个你收下。"陈燃从钱包里拿出一张纸币塞给大胡子，大胡子后退一步，"不用客气，走吧。"然后大胡子回头上了前座，车开走了。黑手看着后视镜里越来越小越来越模糊的两个身影。

两个人开完房间，已经快十二点了，吃了药的伍姑娘一进房间就睡下了，陈燃因为担心伍姑娘所以开了一间双人房方便照顾，伍姑娘也没有拒绝。

第二天醒来的时候伍姑娘的烧退了，伍姑娘看着熟睡的陈燃露出了笑容，嘴里没有发声地说了"谢谢"两个字，陈燃翻了个身背对着伍姑娘。伍姑娘立刻闭上眼睛假装睡着，过了几分钟，陈燃的呼吸声又开始变重，伍姑娘才又睁开了眼，陈燃翻身后半个身体露在外面，整个背对着她，像极了父亲的背。伍姑娘抿了抿嘴蹑手蹑脚地起来，拉起陈燃的被子给他盖上，陈燃感觉到了，醒了过来转头看着伍姑娘，尴尬地坐了起来。

"早啊，我睡得太沉了，不好意思。"

伍姑娘看到陈燃醒了过来，立刻钻回了被窝，"早啊，我看你没盖被子怕你着凉。"

陈燃看了一眼被子，有点脸红，"谢谢。"

"几点了？"伍姑娘看着窗外透进来的光问。

"快十点了。"陈燃看了一眼床头的手表，然后戴上，"你好点了吗？"

"很好，没有任何不舒服。"伍姑娘看着坐在床沿的陈燃。

"我可以检查一下吗？"陈燃问。

"检查？"伍姑娘一脸疑问，陈燃指了指伍姑娘的额头，伍姑娘摸了摸自己的头发，点了点头。

陈燃走向前，站在床前俯身摸了摸伍姑娘的额头，然后又认真地摸了摸自己的额头，停了几秒后露出了笑容，"果然生病还是要吃药，你要不要洗个澡，昨天你吃了药出了汗，又淋了雨。"

"嗯……好啊。"伍姑娘抿了抿嘴。陈燃意识到有些尴尬，抓了抓自己的头发，"我先刷个牙买个早饭，我昨晚洗过了，半个小时后来接你。"

伍姑娘微笑着点点头，陈燃刷完牙在浴室放了会儿水，等水热了，热气充满浴室后离开了房间，伍姑娘笑着把头埋进了被子，这样的幸福感好久好久没有体验过了。

洗完澡收拾完，陈燃正好回来，伍姑娘一边吃着早饭一边说："今天我们去附近的景点转转吧。"

陈燃惊讶地抬起头看着伍姑娘，"不去了吗？"

"不去了，再去也是为难人，为难那边看门管事的，为难你，为难我，就像你说的，我爸就是想我记住他最好的一面，他最讨厌板寸头了，而他现在肯定剪了板寸，他一定不想我看到他狼狈的样子，我记得我妈说过他和我爸就是在安徽认识的，我们去走走，替他们回忆一下。"伍姑娘看起来很开心，不像是在假装。

我们总要面对很多我们付出洪荒之力也无法克服的困难，所以唯有释然才能过这一坎。三年不短，但也不长，不过三个春夏秋冬，如果把这时间全部花在去找一个别人并不想告诉你的秘密的真相上，那你一定活得比任何人都累。守住自己的小秘密，尊重别人的秘密，你会发现其实生活也没有那么累。

最美好与孤单的结局

7 / 7

——

早一点，
晚一点，
都没关系，
只要是你。

伍姑娘和陈燃就像情侣一样痛痛快快地玩了一天，陈燃拍光了自己
带的三卷胶卷。伍姑娘和陈燃说，能不能在十二年后把这些胶卷寄
给自己，然后给了一个 2016 年现在的住址，伍姑娘不确定陈燃会不
会在十二年后做这件事情，但不管怎样，这个时候那么喜欢自己的
陈燃一定会在未来的某天想起。

回到家的伍姑娘转变很大，在最后的两周，伍姑娘每天吃过晚饭都

会陪着母亲散步，每两天经过小卖部学着父亲的样子买一些母亲爱吃的零食，母亲也渐渐不再爱发呆，十几年没有工作的她找了一份替别人看店的工作，售卖一些当地的特色礼品，生意还算不错，虽然收入不多，但伍姑娘家好像总是有人照顾着，始终没有为钱窘迫过，伍姑娘很多次想问母亲，但最后还是没有开口，她告诉自己那是母亲的秘密。

这天醒来，伍姑娘换上了最喜欢的衣服，比妈妈早起了一个小时，做了早餐，然后坐在窗前，想着今天会以什么方式回到 2016 年，有点期待有点欣喜，然后拿出一张纸一支笔，写了一封信，是给明天在这个家醒来的自己，她提醒着明天的自己每天要陪母亲散步，要时不时看一下零食的小仓库，不要再责怪伍建林……

伍姑娘的妈妈轻轻地走进了女儿的房间，不敢打扰。伍姑娘写了很久很久，把自己想说的都写了一遍，还告诉自己千万不要爱上一个叫九先生的男人，母亲轻轻地关上伍姑娘的门，伍姑娘回头，"妈。"

"嗯？"母亲又推开房门，看着眼睛有些红的女儿，"怎么了？"母亲走上前，然后摸摸她的头发，把她搂到怀里。

"没事，就是突然有点儿想他了。"那次安徽之旅回来以后，伍姑娘和母亲也不会刻意回避"伍建林"这个名字。

"傻瓜，他很快就会回来的，没有人比他更爱你。"母亲低声细语，伍姑娘抱紧母亲的腰。

陈燃的电话在下午三点准时打来，第一个电话伍姑娘没有接，第二个响起的时候母亲接了电话，母亲以为两个孩子闹了别扭，想当个和事佬，"喂？陈燃？"

"你好，阿姨，是我，那个，伍安在吗？"陈燃紧张地问道。

"在呢，她今天心情不好呢，你帮我问问她怎么了。"母亲看着伍姑娘把电话筒递给她，伍姑娘抿了抿嘴，因为没有想好要和陈燃道别，她只是在写给自己的信里面告诉未来的自己，陈燃是个好人，如果对他也有好意，那么就去主动表白，伍姑娘在这三个月里没有和陈燃进一步发展是因为她不想给未来的自己做任何决定。

"喂？"伍姑娘把话筒紧紧地靠在耳边。

"喂，是我。"陈燃说道，"你没事吧？昨天的你也怪怪的。"

"没事，怎么了？"伍姑娘的语气听起来有些冷漠，陈燃有些担心。

"我今天下午要出发去北京了，明天新生报到。"陈燃说道，本来想约伍安吃个饭道个别。

"嗯，一路顺风。"伍姑娘的语气让陈燃把想说的话咽了回去。

"你什么时候开学？"陈燃小心翼翼地找着话题。

"应该比你晚一周。"伍姑娘回答。

"嗯，等你开学了我去看你。"陈燃说。

"好，到时再说。"伍姑娘回答着，和陈燃的故事只能交给明天的自己。就这样，陈燃没有说出自己要说的话，伍姑娘也没有和陈燃好好地道别，两人挂了电话。伍姑娘终于明白一个道理，现在做的每一件事情说的每一句话都会影响未来的自己，所以在做任何事情之前，一定要想想未来的自己和未来的那位。

伍姑娘决定最后一天在家陪着母亲，吃过晚饭，伍姑娘洗了碗然后陪着母亲散步。天气很凉爽，母亲走得很慢，比平时都慢，伍姑娘挽着母亲的手臂看着母亲的侧脸，有些舍不得，这是到今天为止，她能记住的母亲最年轻的样子。母亲走着走着用手指揉了一下太阳穴，"没事吧。"伍姑娘焦急地问，才想起来母亲做饭的时候就不停地揉头。

"偏头痛得厉害。"母亲的步伐越来越慢。

"要不要去医院？"伍姑娘扶着母亲。

"不用。"刚说完母亲腿一软倒在伍姑娘的怀里，伍姑娘着急地喊着，寻求周围人的帮助。

救护车在半个小时后赶来，诊断结果是低血糖，伍姑娘长吸了口气，自己果然没有爸爸会照顾人，爸爸在的时候母亲没有怎么生过病，伍姑娘心里责怪着自己。看着熟睡的母亲，伍姑娘握紧了她的手，突然想起了 2016 年正躺在医院病房里的伍建林，不知道什么时候睡着的，伍姑娘梦见手里细软的女人的手变大了，变得有些粗糙，还有些烟草味，伍姑娘用力地闻着熟悉的味道，然后醒来。

她慢慢地睁开眼，那双粗糙的有些皱的大手被自己紧握着，手指弹动着，伍姑娘顺着手看向他的脸，眼泪从眼角滑落，伍建林的眉头紧锁，呼吸变快。

"爸。"伍姑娘再次用力握紧他的手喊着他。

伍建林努力地想睁开眼睛，伍姑娘的母亲手里拿着一壶热水推开病房门看着那么多年没有开口叫过"爸"的女儿，有些惊呆。伍建林终于睁开了眼睛，第一眼看到的是女儿，日思夜想想尽办法去挽回的女儿，眼角有些湿润，母亲放下水壶，不敢相信自己的眼睛和耳朵，走到病床前，看着伍建林，伍建林转过头看向自己的妻子伸出另外一只手，母亲伸手小心地握住。

你的心里住着多少秘密？你想知道谁的秘密？你替谁保管着秘密？心里有秘密的人总是会比没有任何秘密的人更有安全感，更容易想通和释怀一些别人看起来很难熬过去的事情，那些没有秘密掏心掏肺或者也保守不了别人秘密的人总是容易空虚和寂寞，或者多疑。

不如，每个人都藏一个秘密吧，不要和任何人说，直到遇到那个即使知道你有秘密也愿意和你一起守护的人。

那天晚上伍建林醒过来以后，伍小姐就把所有时间留给了他和母亲，她不知道她那九个月的过去有没有影响现在的生活，反正有些人只需要一个眼神你就知道她已经原谅了所有事情，比如她留给伍建林的那个眼神，伍建林知道他的伍安又回来了。

伍小姐从医院出来用手机叫了车，车到的时候她笑了，伍小姐坐在回家的计程车上，回想着那九个月，到小区门口下车，伍姑娘拿出手机用软件付了车费，突然觉得生活给予的一切都那么美好。

"伍小姐，有一个你的快递！"小区门卫看见伍小姐，探着头喊道。

伍小姐想起自己是个购物狂，一定又是哪件新衣服到了，接过那个薄薄的文件快递的时候，伍小姐疑惑了几秒，文件袋上写着，"伍安收"，但是没有寄件人，伍小姐撕开文件袋口，一张小卡片跟随着一沓胶片散落出来，卡片掉落在地，伍小姐弯腰捡起，上面工整地写着：

现在的你身边有人和你说"早安，伍安，晚安"吗？

——陈燃

成长就是在不断承受自己本以为无法承受的那一刻发生的，是你回头看无法想象自己竟有这样的勇气走过来的一路。

谁的青春不是兵荒马乱，谁的成长过程不是破茧成蝶，当所有该经历的该承受的都过去以后，我们最终都会回到生命的起初，像涅槃重生一样，终于知道哪些人该被珍惜，哪些事该被原谅，哪些过去该被释怀。

生活就是这样，从来都不是听过来人的谆谆教导然后去避免前人犯过的错，而是必须要全部经历一遍。其实回头看，哪有什么值得后悔的事，只有错过的人和未完成的事。当你重新经历一遍你以为做错决定而让你后悔的事情，你会发现其实做哪种决定都不重要，重要的是谁依然在原地陪着你。

伍姑娘是谁？伍姑娘是每个女孩，今天是你，明天是她，她偶尔会没有安全感，偶尔会多愁善感，偶尔会成熟到超过自己的想象，会

叛逆、会容忍、会自卑，没有让人一眼能记住的外形，也没有让人
印象深刻的个性，有一些小缺点和一些强迫症，但她总是勇敢地去爱，
勇敢地去承受痛苦，勇敢地去原谅。

也许有天，你会在伍姑娘身上找到你自己的故事。

– 全篇完 –

DATING

Z B A C K

S T R A N G E   M I S S   W U

大约是从去年年底开始发现，身边几个女性朋友陆陆续续开了专栏，每次都用不同的称谓写着其实是属于她们自己的故事，然后我每天都会收到不少女粉丝的私信，诉说她们各种各样却又大同小异的经历。其实大多数女生的爱情食物链都是类似的，只是先后经历的顺序不同而已。就像星座学一样，一个星盘上由各种星座组成，你好像能在不同的年龄段，在不同的星座上找到自己的特点。于是我为这样一群女孩儿取了一个亲切的名字：伍姑娘。

在这本书中，伍姑娘的主角光环不强，性格特点也并不明显，正是不希望将伍姑娘这个人物具象化。

但是，再平凡的人，所经历的情感就算路径再相似，也会有它独有的深刻，无法复制的刻骨铭心。

最初最青涩的一幕，是任信。每个女孩子都容易无法克制去爱上的人。

这两天我看了《七月与安生》。任信应该是一个比家明要更完美一点的设定。但是完美的影子总是遗憾。你一定还记得有个人，和他并肩的时候，连呼吸都要小心翼翼。想和他无时不刻都腻在一起虚度无聊的韶光，想和他分享每一种美好的感受却欲言又止，想马上见到他明明才刚分开一秒钟。即使多年以后再想起这个人已经不再心动，因为他或许已被替代，但任何一次回溯年轻，那种心跳悸动和阳光白衬衣啤酒青草地的美梦，是无从替代的，那是属于你一个人永远强烈的感觉。

后来的九先生，像一杯 hot whisky toddy，是你不小心点到的第一杯烈酒。看上去踏实深厚，有着柠檬清香，有着方糖般的甜，有着热开水一样的温暖，面面俱到的温柔。但当你正忙于感受这一切温柔时，你已经猝不及防地喝下了浓烈的 whisky，苦醉，头脑浮沉。他让你有未曾体验过的崇拜，他不再像单薄的男孩，和你谈天说地，你也许除了他的姓氏，别的真相一无所知。你耗尽力气费尽心思也触不到他心底的地方。当你饮完这杯酒，当你和他最后一次深吻，口中苦甜混杂地离开，你会明白，你会变成你最初认识他的时候，别人口中他的故事里的一个女子，或许是最美好最特别的，或许是最快被遗忘的，醉了的人何必去分辨呢？告别和距离，或许才是你和他都趋之若鹜的美。

当你像飞蛾那样扑过最美的烟火后，当你觉得遍体鳞伤翅膀已经无法扇动，你会想起最初那个无条件付出，第一次给到你安全感的男孩。他好像永远没有脾气，好像什么繁杂的事情都会，什么都愿意为你去做，可是你却从来看不到他。就好像连载一张几个朋友的合影里，他的眼神都无法离开你。可是你却从来看不到他。他是你爱情故事里永恒的男二号，但它却是观众心里最想要的男一号。

在爱情到来之前，大多数伍姑娘都信誓旦旦地认为自己已经无师自通、懂得如何去爱人。因为已经从父亲对母亲的感情表达中体验到了很多，他看母亲的眼神，他拥抱母亲的姿势，他逗乐母亲的方式，都是你偷偷告诉自己以后要找的恋人模板。

伍姑娘成为伍小姐，不管会遇到多少恋人，父亲都是会陪着自己的前世恋人，也是唯一经历你从伍姑娘变成伍小姐所有细节的男人，他不会对你说情话，却教会了你所有爱人的道理，他也许会在你成长过程中做错一些事情，但他永远都不舍得伤害你。你交往过的任何对象总会有些渣滓败类，不在意失去你，而在他，那是他想都不敢想的问题。

其实关于伍姑娘，还有很多很多故事可以聊，只是这本书中出现的几乎是所有女性都遇到过的人物缩影。在写这本书之前，我大概和近 20 位不同年龄段的女生朋友聊过，包括我的闺蜜、工作伙伴、老师、母亲。所以三个男性角色，我确信至少有一个能让你产生共鸣。

当然，你也会看到我加入了一些男闺蜜和女闺蜜的角色，每个人遇到爱情的时候都会孤注一掷、固执己见。但往往事实是不知所措。有时候你会把自己关在阴云密布的房间里，独自吞咽苦愁，却忽略了这些人在我们生活中饰演的角色有多么重要。真正懂你心绪的朋友，其实是比你父母更能给到你准确安慰的人，他们看着你爱情的始末，他们虽会和你同仇敌忾，但却更愿意为你冷静理智地分析问题。我有这样的朋友，我也是这样的朋友，我庆幸残酷人生中有这类美好的存在，也庆幸自己在别人眼中也是这样的人。

而其他的角色中，邱梓的角色其实是人们口诛笔伐的前女友，但其实她们真正那么值得记恨或嫉妒吗？她曾经占有过你现在的爱人，所以也正在经历完完整整失去一个曾属于她的人的痛苦。他也许现在在你眼里是一百分，但他却可能给了她一百分的伤害，但是那些他不会告诉你，你也不会去想象。所以不要去妒忌他们的甜蜜而让你现在的爱情减分，不要去怀疑他是否会给你同样的伤害而对现在感到不安恐惧。每个人都有自己的高傲与自我，也有自己的低微与懦弱，我想让你用更丰富的同理心去看待、把握、拥抱不同的人和生活。

间隔两年出这本书，终归还是聊情感，不过换成了小说的方式。唯一的目的是想让读它的人更直接地被投射，看到自己的影子。

青春的影子。

青春是自我怀疑，是忍辱负重，是铺满眼前地板的欲望，是横冲直撞的情绪病，是看不到尽头的孤独，也是希望和幻灭。

青春永远很难用三言两语来概括，所以把所有想表达的倾注在不同人物身上，不同的面孔，不同的无声的说话方式，都能诉说你我青春中的某个当下或闪回。

笔落之后，觉得，人生就是如此，每一刻都有可能为上一秒说的话甚至给他人的一个眼神而感到后悔，但这不就是你自己吗，一个自由的个体。想你所想，做你爱做的，这样才能减少后悔的可能性啊，总是在告诫自己做事说话要小心翼翼，那你以后的人生一定是在后悔中度过的。

书聊得差不多了，说两句自己，我从小就很喜欢写东西，因为感情充沛无处表达，写成文字，仿佛就得到了释放和救赎。其实大多数时候不过是自己写给自己看。在出第一本书之前，从来没有想过有一天，会有这么多人愿意看我的文字。此刻的我，正在经历人生挺大的改变。每次聊到自己，觉得想说的很多，但又害怕不能给大家一些参考价值。因为我不太确定在看我书的人当中，喜欢叛逆或挑战的人占百分之多少——我非常不安分，也总是不满意现状，一直试图在生活中找到更高的突破点，其实这让人非常疲倦，也让生活有始终无法消除的不确定性。但或许是这种不确定性，这种冒险的快感，才是我所追求的，我也确定我不会后悔。不过我每天都在试图让自己 chill out，变得更加平和，也吾日三省吾身，认真地审视自己的成长，掂掂在经历过失败、肯定、或好或坏的爱情友情之后，自己是否能做一个情欲不减的洒脱智者，是否正在变得更好并且始终追逐自由。

轰叔

2016.11

图书在版编目（CIP）数据

逆回纪年：奇怪的伍小姐／轰叔著 .-- 武汉：长江文艺出版社，2017.3

ISBN 978-7-5354-9372-9

I.①逆… II.①轰… III.①长篇小说—中国—当代 IV.① I247.5

中国版本图书馆 CIP 数据核字 (2017) 第 025163 号

逆回纪年：奇怪的伍小姐

轰叔 著

选题产品策划生产机构 | 北京长江新世纪文化传媒有限公司　北京果然杰作文化
选题策划 | 金丽红　黎波　安波舜
策划出品 | 魏童
策划编辑 | 徐有磊　盛丹　　　　项目监制 | 罗小洁　　　媒体运营 | 张坚　符青秧
责任编辑 | 张晶晶　　　　　　　封面设计 | 林丽　　　　责任印制 | 张志杰
法律顾问 | 张艳萍　　　　　　　图片摄影 | 904h
总 发 行 | 北京长江新世纪文化传媒有限公司
电　话 | 010-58678881　　　　　传　真 | 010-58677346
地　址 | 北京市朝阳区曙光西里甲 6 号时间国际大厦 A 座 1905 室　　邮　编 | 100028

出　版 | 长江出版传媒　长江文艺出版社
地　址 | 湖北省武汉市雄楚大街 268 号湖北出版文化城 B 座 9-11 楼　　邮　编 | 430070
印　刷 | 北京正合鼎业印刷技术有限公司
开　本 | 880 毫米 ×1230 毫米　1/32　　　印　张 | 10.5
版　次 | 2017 年 03 月第 1 版　　　　　　印　次 | 2017 年 03 月第 1 次印刷
字　数 | 200 千字
定　价 | 39.80 元
盗版必究（举报电话：010-58678881）
（图书如出现印装质量问题，请与选题产品策划生产机构联系调换）

写给亲爱的

每一个伍姑娘

你必须知道

在这个世间最美的 —— 只有你自己

你要平安，要喜乐，

万丈阳光无惧风雨，

要坚韧亦柔软，

面对生命给予的一切无所懊悔。

你要善良，要感恩，

即便电闪雷鸣也有枝可依，

你有盔甲也有软肋，

你将如少年永远天真永远热泪盈眶。

Past times

假如能回到过去

你想做什么？

Sweet

你已然忘记的
那些年少的喜欢
是这样子的
当你念他的名字的时候，
声音都是软的，
又甜又羞，
在无人知道的世界，
漫山遍野开着不知名的小花，
蓬勃又撒野。
一个音节一个音节从心脏慢慢挤出来，
滑到了喉咙甜成蜜一样，
忍了忍还是没办法说出口，
悄悄把他压在舌尖下，
甜美得笑弯了眼也不自知。

meet

那个对的人，
他会在哪里呢？
是不是，只要一直不停地走
就终究有一天会遇到？

Sunshine

我慢慢地看着那些喜欢越长越大，
越长越大……
然后，
砰的一声在我的宇宙炸开了花。
一朵一朵又一朵，
那么美好的样子，
我蹲在角落，
又害羞又幸福地看着那么多那么多的喜欢
在我的小宇宙
升空，旋转，绽开成花。
我捂住脸咻咻地笑。
可这一切你都不知道，
一点点都不会知道。

这个世界，
残酷有残酷的美，
温柔有温柔的坏。

为了生存，
我们能屈能伸。